昨日雨水

王定國

每年秋天我會在這扉頁上寫些字
這本書例外是因為真愛無須多言

目錄

我看過死者的檔案照片，包括完整的和破碎的。
完整的是她生前的美貌和微笑，留著一頭長髮，酒渦在她臉上盪漾著，命案發生前她把長髮攏在右肩，死後當然都不見了。
至於那些破碎的……

我去那裡超過五次，同時也在精神科拿藥，每晚服藥時順便把他的安慰一起吞下，結果還是撐不到兩小時就醒來，醒來後的世界一樣黑，只好繼續裹在棉被裡暗暗地傾聽，不敢錯過萬分之一的文琦的動靜。

她突然大笑，誇張得有點狂浪，整個上身莫名地往後躺，沙發背雖然把她咯咯笑的脖子暫且撐住，那最危險的開襟處卻還是鬆脫了，細細的腰帶像蛇一樣滑溜到地毯上，胸前那兩袋垂奶突然非常惶恐地對著我。

推薦序

水火同源的異卉

范銘如

許多標籤用來形容王定國都似是而非。說他是近幾來台灣文壇最注目的「新人」，鐵定貽笑大方，因為早在七、八〇年代他就嶄露頭角了；說他是強勢回歸文壇吧，明明大多數讀者現在才知道這個作家。二〇一三年當他以睽違近十年的新作，《那麼熱，那麼冷》重返小說界時，獨特雋永的美學風格迅速吸引舊雨新知交口讚譽。彷佛要彌補停筆多年的缺憾似地，此後他以每年一部小說集（中篇、短篇和長篇輪流操練）的穩定速度，連續出版《誰在暗中眨眼睛》、《敵人的櫻花》、《戴美樂小姐的婚禮》以及今年的《昨日雨水》。迥異於熱中宏大議題與繁複形式的當代文風，王定國的小說著墨於人的處境與心境，從傳統的敘事方式中巧妙變化，召喚讀者返回文學素樸純粹的年代。有的人驚豔於他作品中人文古典的情懷，有人則稱許他的推陳出新展示了新紀元小說的另一種路數。欣賞歸欣賞，大家一致認為，王定國的小說很難被定位。表面的原因是他跟時代主流格格不入，更深層的理由或許該歸因於他文本中各種衝突矛盾的特質。

在台灣小說史裡，大概很少有作家的作品包含著那麼多悖反對立的元素，卻又能調配得如此妥貼和諧的。先從簡單易懂的角色設定談起。那麼熱那麼冷，幾乎是他小說主角的共同特徵。故事裡的男主角泰半年少寒微，在情場中落敗或慘勝，即便力爭上游獲致成功，青春時期挫敗的傷痕只能淡化卻沒有消失，屈辱的記憶不時隱微作痛。在中年定型後的某個意外片刻中突然發作，也許偶遇了舊日的最愛或宿敵，讓好不容易安穩恬靜的生活偏離了軌道。不少批評者都已精確讀出這種類似《大亨小傳》的蓋茲比情結。不過跟蓋茲比的張揚與外顯不同，王定國的男主角趨向低調內斂，對於生活中的各種橫逆忍辱負重，表面上看來就跟一般老於社會洗禮的成年男子無異，料想不到的是他們對於情感和某些理念的熱情，執拗強韌得驚人。溫和疲憊的中壯年不管是對浪漫情懷的執迷不悔，或者對奪愛之恨的糾結與報復，一旦起心動念了起來格外有種飛蛾撲火的壯絕，沉靜中散發著火山爆發前的肅殺。外弛內張的張力與戲劇性，揉雜著卑屈與尊貴、可怕亦可憫的人性樣態，是他角色的共同魅力之一。

相較於這個成熟男人身軀裡住著純真男孩的主角，小說裡的男配角常是典型的人生勝利組，有錢有勢又老謀深算，有時扮演的是情敵或剝奪者，有時則是扮演啟蒙者或亦師亦友的教父型人物，甚至兩者兼之。這個角色也跟主角一樣具有表裡不一的特質，不是偽君子就是壞得不徹底，兩個男人間既有伊底帕斯式的情結角力，又有知己知彼、惺惺相惜的況味。比起男性角色的複雜深沉，王定國小說的女性角色就沒有那麼精采。雖然也有類似反差對比極端的，或者時不時有出人意表的行為思考，但大多數偏向純潔貞靜的典型，如果不是男人世界中的被害者或欲望客體，就是扮演某種象徵或理想的原型。從〈落英〉、〈最想見的人〉、《敵人的櫻花》一直到新作《昨日雨水》，類似的三角關係持續的變化輪迴。

更悖反矛盾的特徵表現在他的美學形式中。王定國久涉文壇的歷練使得他的作品雜燴多家流派而自成一格。從上文簡短的角色介紹中，讀者不難看出作家對於社會弱勢與庶民的關懷與理解。從底層翻身的逆來順受與被踩在腳底下忍無可忍的反撲，在他故作淡筆的描繪中仍然難掩不忍仁之心。即使他並不正面探討和批判社會問題，還是讓我們感受到鄉土文學式的寫實人道主義。敘事技巧上，他也多採用寫實主義的描述。人物情節不繁複，靠時間序的調度編排、關鍵事件的隱匿與曝光，緩慢鋪展故事的來龍去脈。台灣文壇多年來落入形式實驗的競逐，有識者紛紛指出花俏有餘卻內涵不足的後遺症。王定國的小說適時展演了如何運用以看似簡單說好故事的紮實功夫。

骨架雖是寫實主義，主旨與細節裡處處是現代主義派的講究。王定國小說的核心主題多是針對人性陰暗面與複雜面的挖掘，愛與恨的兩面性、善與惡的參差度、壓抑與衝動的臨界點、傷害與救贖的可能性。那些深藏在意識皺褶中的幽微，透過他細膩詩意的意象、精準的象徵與謹慎的結構，迂迴隱晦地露出邊邊角角。他的語言文字不過多修飾，流暢中保有一定的音樂性與韻律感。凡此種種皆可看出現代派小說的影響。但是在某些抒情造境與文化情懷上，王定國似乎捨棄現代主義式詰屈求異的高蹈張致，趨近日本文學的留白與溫潤，含蓄節制地傳達不管是多熾熱狂亂的情感，即使極度受傷絕望也不致完全沒有救贖與轉圜的餘地。這樣的組合讓一篇篇傷心的故事增添韻味，對於人性與人際關係的曖昧性更有深刻的理解。

除了博採眾家嚴肅文學的精華，王定國巧妙偷渡了大眾文學的元素，這或許才是真正讓他的作品叫好叫座而雅俗共賞的密技。例如故事一開始就拋出某種懸疑，《敵人的櫻花》裡讓讀者好奇的是為什麼一個男人孤身來到無人的海邊開咖啡館，為什麼另一個男人一來到這間咖啡店後就失心瘋；〈戴美樂小姐的婚禮〉的女主角為什麼堅持要用真姓名下海賣身；本書《昨日雨水》的懸念則是女主角為什麼毫無預警地離開，男主角為什麼轉換跑道就職於惡名昭彰的事務所。有如偵探推理的劇情透過一小段一小段情節的發展，逐步讓讀者拼湊出真相。此外，通俗小說裡男主角奮鬥有成的勵志、成功後或被傷害後的復仇、職場鬥狠鬥智的伎倆下又有往死裡愛的純情。懸疑與推理、勵志與復仇、商戰與言情，王定國毫無違和地將這些既當代又古典的元素調和在一起，扣人心弦，引誘讀者追蹤故事的布局。

王定國藝高人膽大的將各種不同源流和旨趣的文學融冶一爐，既不誇示敘事技藝，也不煽動通俗性的感情，將嚴肅文學的命題柔性地走心給普通讀者。這些構成王定國小說的特色，不免也形成了某些限制。由於人物和情節簡單，憑藉的是利用吞吐有致的敘述節奏，緩慢堆疊和渲染出意境與氣氛後才揭曉隱藏的謎面。短篇的字數不夠營造氛圍，長篇的篇幅則略嫌故事不夠豐富。本質上的局限導致我認為目前王定國的中篇小說成績最優、長篇次之、短篇殿後。特別是已經熟悉作家文風的讀者，對於謎題的解碼多少有譜，閱讀上的新鮮感與驚喜感難免打了折扣。

如何將那麼多原屬衝突矛盾的文學元素調配得宜，本來就沒有現成的黃金比例。王定國重返文壇後的每本作品也看得出還在微調的嘗試。這本長篇新作維持作家一貫的文學特質，但是似乎有偏向社會議題探討的新趨勢。小說首尾的主線雖然圍繞情感關係中的收受與距離，中段關於法律的實踐與倫理或許才是貫穿全書的命題。只不過，司法如此龐大的體系，是否能用兩性關係中採用的悲劇英雄式的救贖換取社會正義，有待讀者自行判斷。從個人性到社會性的成分調整，或許是已經寫出固定文風的小說家的必要試作。畢竟，曾經叫好叫座的黑莓機就因為維持完美現狀而痛失江山。然而為變而變，有可能會落得如微軟系統硬要改版win8而遭致眾人抵制的悲慘下場。最快樂的結局莫過於iphone，一開始就以功能與美感傲視群倫，接下來即使只有變大變小變顏色，忠誠的果粉都買單。王定國未來的變與不變，將是有趣的文學觀察。

（本文作者為政治大學台灣文學研究所特聘教授兼所長）

第一章

敬啟者：

感謝您的信賴與支持，您所訂購的「神來居」目前工程進度已至「五樓頂板完成」，唯台端除尚未繳交本期工程款，前所積欠款項亦未見履行，累積共計六十五萬元整，為維護台端自身權益，請於文到三日內前來一併繳清，否則本公司將依買賣雙方約定，要求台端補繳遲延利息……

敬啟者：

「神來居」目前工程進度已至十三樓頂板，台端積欠款項已逾一年，應付未付各期工程款含遲延利息共計一百五十五萬八千元，經多次聯繫未獲回應，本公司將依據貴我雙方合約第八條第五款，沒收本戶已繳款項並逕自售與他人，不另行通知……

敬啟者：

經屢次催收應付未付款項未果，本公司決定沒收台端所訂購……

我本來計畫兩年後的秋天，帶著文琦搬進那棟神來居。那是我瞞著她悄悄預購的一個未來夢，兩房之外有個開放式的書齋，木地板延伸到臥房，每個隔間角落擁有臨街的窗光。洗衣間旁邊還有個兩坪寬的小露台，建設公司答應圍起斜切面的鐵隔柵，文琦最喜歡的草本植物每天都會在那裡開花，旁邊還能擺放兩張小椅子，我們喝茶的時候看得到轉角的夕陽。

文琦離開我的時候，地下室的土方才正在進行開挖。

外面的世界並無改變，人間事物依照著原來的狀態進行。

唯一的改變大概就是連續收到的催款通知，賣方的語氣從客套到翻臉，最後甚至充滿憎恨，僅以一封存證信函就把那間房子沒收了。失去愛還不夠，連我唯一的夢也被剝奪，強悍的白紙黑字，在那無情的瞬間彷彿把我的人生化為烏有。

因此，接到沒收通知時，我除了強烈感到被羞辱，怎麼辦，只好開始打電話，電話由相關人員輪流接聽，最後轉到一個女性主管手上。我問她有沒有存過錢，有沒有覺得每個月存個一兩萬塊要很卑微，而且要非常艱辛扮演著令人討厭的角色，例如任何同事間的聚會都不能參加，甚至用盡各種理由來疏離別人的世界。

我告訴她，我已連續多少年過著這樣的人生，直到去年突然強烈湧起想要有個家的渴望，才會不知天高地厚把那間房子訂下來。小姐妳有自己的家嗎？妳能體會我說的家是什麼嗎？我盡我所能傾出所有的積蓄，結果竟然付不起你們的地下室那堆土方……。

「妳能原諒我嗎？我竟然不知道自己這麼渺小。」

「先生，你別這麼說，我幫你打報告上去爭取看看。」

「那就把報告寫清楚，契約上的名字是文琦小姐，再怎麼說，權益還在她身上，你們至少要給我一點時間，讓我把這件事轉告她。」

「啊，難道她還不知道你買了這間房子……」

「這沒什麼，我也不知道她為什麼突然要離開？」

「怎麼會這樣？」

「我們現在談的是房子。」

「那……如果你繼續繳款，我替你想辦法把她的名字換過來。」

「千萬不要，」我鄭重地說：「我只剩下這個理由可以找她。」

文琦去過我們鄉下，當然也見過了我的母親。

初見面時母親有些驚慌，那時她正在曬棉被，乾淨的兩隻手猛搓在身上，想要上前迎接卻又狐疑地看著我，好像很怕認錯人又空歡喜一場。

母親喜歡文琦那暱著人的笑容，嘴巴甜，舉手投足一副城市女孩的伶快。她一來，家裡真的熱鬧許多，鈴子般清脆的嗓音不斷輕盪在瓦簷下，埕上雞啼狗躍，連睡午覺的鄰人都紛紛開門探出頭來。母親那天還特別留她住宿一晚，清晨又帶她去逛早市，回來時滿手的蔬果魚蝦，而且悄悄地炫耀於我，說今天的菜市裡她最風光，一直被人誇讚這未來媳婦生得好，漂亮又貼心，女兒再好也不見得這麼乖巧。

文琦離開我的時候，身上那些被人稱許的特質已不復見。

這麼說並非意味著她有所改變，其實那少女般的樣貌依然都在，只可惜緊繃在現實中的線條好像把她綑綁了。不然她還有個很可愛的習慣，在我鬱悶的時候，或我們同時感到無助的時候，她會在某幾個低迷的瞬間突然轉念，悠悠哼唱著清亮的曲音，然後跑進浴室裡沖臉，像在自己的臉上澆花，那迷人的笑靨這時就會稍稍漾開，而且捨不得全瓣打開，像一朵花分兩次綻放，好像很怕開完就什麼都沒有了。

有她那麼貼心的陪伴，照理說我們不可能分開。

只有一種例外，兩個相愛的人突然不知所措的時候。

這麼說是有點虛幻了。

若把時間倒返回去看，我們是在那最後的四天內分手的。

那四天剛好也是她出國旅行的時間，出發時臉上充滿著喜悅，輕巧的衣箱也都打理妥當放在門口，門外她朋友的漂亮跑車等著載她去機場，有生以來她第一次搭飛機。

沒有任何跡象，不像一般情侶還要經過爭執或累積多少背叛。

「好可怕，咻一聲就到香港了嗎？」她說。

「嗯，很快就到了，飛機上有輕食，妳就想像和朋友吃著下午茶。」

去香港的機票是免費的，那位做直銷的朋友由於業績達陣，特別邀她一起分享。她搭車出門後，那顆心還黏在我身上，「你自己要記得吃飯，這幾天就讓你耳根清淨囉。」手機一路暢通，震耳的搖滾樂從跑車中頻頻傳來，半小時後大概是忽然減速了，音樂轉小，傳來的是她小鳥般的驚叫聲，「怎麼辦，起霧了，看不見了，這裡是哪裡啊？」

「妳們大概正在爬坡，轉彎的地方霧特別濃。」

她的朋友準確地按響了一聲喇叭。

「哇，好厲害，你好像就在我們車子裡。」手機裡她附和著說。

她穿著那件花裙子出門，顯然這時的裙子有些慌張了，忙著把她縮回來的膝蓋罩下來，然後她傾身看著擋風玻璃，外面已是漫天濃霧，那台跑車就像螢火蟲飛了進去，很快消失了蹤影。

即便是那短短幾分鐘的慢速摸索，車子雖然逐漸離我更遠，我的心卻還是與她同行，沒有任何異樣顯示出我們兩人正在分離。

而且那時的我甚至是有些慶幸的。難得她有機會出門，我們暫且都能鬆弛一下神經，不用再顧慮著彼此顛倒的作息。何況她是經過猶豫才決定了這趟遠行，冰箱裡有她為我準備的菜蔬，也替我把飲水機補滿了水，還把一支竹掃帚藏到屋後的倉櫃裡，當我掀開櫃子想要拿它來掃掃落葉時，才發現她貼上了字條，玩遊戲那樣，寫著「別掃啦，等我回來」的字樣。

她以這種離不開的方式離開我，任誰都不相信她真的會離開。

何況後來她也從香港回來了，就在這第四天的下午。

倘若命運操控著時間，那也快要捱過去了，只要再撐過幾個時辰。

●

我在一家企業集團的法務室任職。

只要稍懂一些法律知識，大概就能在法務室裡寫寫書狀兼跑腿。我的職務介於法務助理和律師頭銜之間。作為一個長期參加考試而又屢次落榜的法務課員，我參與審閱各家廠商送來的書面資料、草擬各項合作條文，以及為各階段的進出貨事項訂定買賣合約。當然，有些牽涉到訴訟的行政業務也是我該做的，那就是跑法院。

我在法警室後面的大庭園穿廊下認識了文琦。

一開始，她只是個戴著口罩的女人，捧著一堆卷宗從我後面穿越而過。那時黃昏的廊外正在下著雨，整條走道在灰暗的淅瀝聲中提早點了燈，我跟在她後面疾走，趕著要去聆聽最後一審的民事庭。而走在前面的這灰色口罩卻突然停下來，連續打了兩聲噴嚏，瞬時把她滿手的卷宗震落一地，有些甚至散開了頁面垂掉在水溝邊緣。

我並不能因為有人擋路就停下來，時間已經有點遲了，根本無暇理會她那一副散亂的狼狽，所以急著跨過那些卷宗也是難免的，不料被她叫住了。

「喂，見死不救喔？」

我回頭一看才知不妙，大半個鞋印已經落在那些卷宗封面上。

我趕緊掏出衛生紙，蹲在地上幫她擦拭，沒想到那鞋印拖曳過的字跡卻愈擦愈模糊。「我死囉。」她在口罩裡慘叫著，一邊胡亂收攏著散開的文件，一時卻又趕著時間，只好抽出其中一件匆匆起身，然後無助地看著我。

「我的律師老闆正在法庭等著這份案卷，你先幫我看管其他這些資料可以嗎？等我送去之後再回來拿。」

她透過口罩咕噥出來的鼻音，與其說是流感肆虐期普遍發作的生理症狀，在我看來應該只是內心的焦慮所引起，既然她已不那麼生氣，我暫時替她保管也是應該的，就算是對我自己的莽撞付出一點補償。

可是當我聽完民事庭出來時，手裡抱著一大疊卷宗，這個戴口罩的女人卻不見了。我跑到大門口附近張望了一陣，才發現原來戴口罩不只她一人。既然認不出誰是誰，我只好等著有誰主動來叫我，沒想到這一等竟然就是黃昏到夜晚，等到後來一個法警走過來關上了鐵門。

那天晚上，莫名其妙地抱著她的那堆卷宗回家。

那些重要文件就這麼一整晚擱在我的書桌上，好比就是一個悲哀的暗示，預告著她將以如此荒謬的方式走進我的生命裡。

只是後來，當我以為我已經擁有她時，那份愛卻又被她拿回去了。

就像現在，此刻，房間裡只剩下梳子和幾個孤零零的髮夾留下來。

●

第二天我還不知道她叫文琦。我從卷宗裡循線去電詢問，那家律師事務所的總機告訴我，她們的小迷糊正在法院裡到處找卷宗。「你就是那個人嗎？那可不可以麻煩你現在就趕過去，或是請你留下電話……。」

她們口中的小迷糊，在我看來只是個還算豁達的歐巴桑，否則不會掉了東西還爆出那聲台語腔調的「我死囉」。聽起來像是怨怪著自己，且在那一瞬間似乎已經原諒了我。我騎著摩托車趕到法院時，本來心情還好，轉了幾圈後頻頻回望，卻就是看不到有人戴著口罩來。這時我已感到厭煩了，我既不能有事沒事出門太久，一直通不過律師考試的情緒本來就是十分沮喪的，沒想到無緣無故還惹來了這種麻煩……。

我打算趕回法務室上班時，一個穿白夾克的女孩從服務站跑了出來。

「是我啦。」笑盈盈地叫著。

不戴口罩的臉，反而使我認不出昨天的那雙眼睛。

這時她大概想要幫我喚醒記憶，竟然合起了雙手遮著臉，於是那雙眼睛便從指縫中滾亮著閃露出來了。玩著捉迷藏似地，還對著我的錯愕眨眨眼，像隔壁人家的女孩，好巧不巧來到法院遇到了童伴……。

我除了訝異還有些慌，尤其當她蒙著臉又拿開手掌的這一轉瞬間，猛然浮現出來的是一張姣好的臉，反倒讓我懷疑她是被人推派來捉弄我的吧？我雖然把卷宗交到她手上了，卻還不走開，反而問我是不是她的同業，說完卻又嘖聲否認著，「沒有啦，我也沒資格說是什麼同業，我在事務所裡就是個倒茶的，有時候兼收件，幫忙列印，當然也要拿東拿西跑來法院裡幫忙。」

她問我能不能給她一張名片，過幾天會找時間當面來謝我。

「今天沒帶在身上，而且我也很少用名片，只給一些當事人。」

「那我知道了，難道你是……，」眼裡溜著一股淘氣，連珠炮似地念著一堆名堂，「圍標的海蟑螂、司法黃牛、調解委員會代表、諮詢志工、替人搶標的仲介業，不然就是跑進來蹓達的業務員……，哈，故意嚇你的啦，這些角色當然都不可能是你。」

我鬆了一口氣，她卻還沒說完，「我好像見過你好幾次，你是不是每次等開庭的時候都坐在樹下看書，對不對，一直都在準備考試喔？我們事務所的同事也都很會利用時間，可是身體都累壞了，其中一個去年還念到吐血。但我知道你絕對考得上啦，你看庭上那些人也不怎麼樣，還不是一個個很神氣的坐在台子上。」

我苦笑著告訴她，考試沒我的份，早就想要放棄了。

「那多可惜，喂，你不相信我料事如神嗎？」

「我已經考了很多次……」

「那又怎樣，不信的話，你考上那天我嫁給你。」

約莫是剛入社會的年紀，口氣火辣到令我傻眼。這是怎麼說的呢？

「開玩笑的嘛，還不是替你感到可惜，念都念了，笨蛋才放棄。」

「妳懂這麼多，說不定以後真的會嫁給律師。」

「嫁給法官也不錯呀，穿著法袍好有權威，我每次送完資料都捨不得走，有一些不相干的庭訊我都照聽不誤，只要多聽幾次大概就猜得出被告會判幾年，都很準的喲。怎麼樣，不信的話等你當上法官看我猜得準不準？說不定每個案子要判幾年都會問我呢，到時候你就娶我吧。我現在要趕快把這些卷宗拿回去交差了，本來今天早上已經寫好辭呈了說，幸好你把我救回來了。」

她一說完，隨著紅燈淹沒在人群裡，一溜煙在陰暗的騎樓下消失了。

人間事無奇不有，連我這麼平凡的人也碰上了。我看著她的背影離開後，才突然想到若有一天又在路上遇見她，說不定就認不出來了，因為那張臉不只好看，是一看就不便再看的那種美。我只記住了那雙長長的眼睛，還有就是那非常奇特的羞怯，當她說著那麼輕浮的語氣時，白皙的膚色竟然又一瞬間從額上紅到了臉頰，然後像是突然發覺說錯話，已來不及掩飾，只好抿起微翹的嘴唇低下頭來。

我雖不至於把她的挑逗當真，但畢竟她是那麼年輕，她若不是不懂事，那就是太懂事了，專挑我這種失意者尋開心。坦白說，我還因此忐忑好幾天，很想找她來問一問，妳是誰派來的，或者，妳說的……是真的嗎？

考律師，那多簡單，我每年都在考，每次放榜後都做著同一件事，懷著死心的恨意清空了混亂的書桌，所有的考試用書全都裝箱後疊高到天花板，然後趴在書桌上想著今後何去何從，有時還真希望那些紙箱突然塌下來把我壓死算了。

考上律師就嫁給我，那不是要等到下輩子嗎？

時間一過就是半年。

在這長達半年有點自慚形穢的落寞中，我卻養成一種習慣，只要騎著摩托車停在紅燈下的車陣裡，自然就會對著左邊右邊的口罩女郎多瞧幾眼。女人戴上口罩後唯一露出來的眼睛，其實最美。哪怕那是一張無望的臉，或她這時的情緒正在沮喪和感傷，或只是茫茫然等待著紅綠燈轉換，由於整個臉孔已被口罩覆蓋著，那雙眼睛便因為一直凝視著前方而顯得淒迷動人。

既然只記住了那雙眼睛，自然就在街頭一次次的凝視中逐漸淡忘了。

何況我已超過三十五歲，當初想要走入仕途的憧憬早已幻滅，苦讀的鬥志經過幾次挫敗還能剩下多少？而且我也被她嚇壞了，那種赤裸裸的用語使我懷疑她會不會是個很隨便的人，如果以後我注定要過著百無聊賴的人生，以她的年輕或那種美，對我來說無疑更是一種威脅。

然而第二年的三月，我卻又遇見她了。

那是某個律師團體每年春節過後固定舉辦的春酒會，我被公司主管指派去應景，本來打算簽到後就要提早開溜，這時會場角落卻突然傳來了一串輕伶的叫聲：小王子，小王子⋯⋯。我一時聽不懂誰是小王子，然而那聲音卻是朝著我喚來的，聲音落定後那個身影才出現，白襯衫繫著蝴蝶結，捧著雞尾酒的小端盤，從那些寒暄的人縫中鑽出來，那喜孜孜的神態頗像法院那天的話題還沒說完，彷彿正在悄悄對我說著「娶我吧，娶我吧」那樣的嘴型⋯⋯。

就是那一刻，她遞給我的那杯雞尾酒裡漂浮著一顆櫻桃。

她的嘴唇分明就是那櫻桃，甜甜地說著話，說她換了事務所，說她後來去過幾次法院都沒有遇到我，說完又鑽進賓客中分送著酒杯，回來時盤子裡多了一碟小點心，說要給我填肚子，轉眼又不見了。

一個星期過後。嗯，不會那麼久，應該沒有超過三天，一股喜悅撲著翅膀朝我飛來了，突然使我開始想念她。

我並不知道那是冒險，以為愛很簡單。

以我自身的處境，根本不允許自己像個混小子勾搭著一個豪放女。我的條件就只有家窮、平庸、老氣和沉默，有時還更要加上軟弱。我只能想像如果和她又見了面，那時我該怎麼和她說話？以她那樣爽朗甚且可說是有些……輕浮的性情，很有可能又對我說著那些突兀的字眼，譬如直接問我年紀、打算幾年內通過什麼考試，或者如果不參加考試還能做些什麼等等。

那麼，如何面對她的提問又不失趣味，這很重要。簡單說，我也很想趕快好好做個像樣的人，而不是永遠孤身一人，極不甘願地坐在別人的法務室裡浮浮沉沉。

我是認真的——這句話或許可以使她那雙眼睛專注起來。

如果她要和我交往，我當然應該對自己的不足稍稍坦白，很多年前當我考上國立大學的法律系時，我母親還曾央託懂毛筆的村長寫了一張賀辭貼在廟口，而她長跪在拜墊上，一炷香連叩十幾拜，等不及的香灰都被風吹斷了。可惜十八年後，一再落榜的經驗早已告訴我，歲月一晃蕩就沒有了，早年對我失望的父親也不見了，這世界大概只為我留下了孱弱的母親。因此，我，現在的我，「突然因為……妳的出現……，」一時之間，「我決定讓自己重來，把那些失去的意志重新找回來……」

還有，就算要我說說情感方面的滄桑，我也不會對她隱瞞。我愛過人，後來就不敢再愛了。我在她結婚當天獨自去到東岸的海邊……。直到現在，我還不明白她為何下嫁他人？我走在水邊的礁岩上一步步搖晃著，附近一個正在歇息的討海人用擴音喇叭叫著我，我曾經淪落到那樣無路可走……。

幸好遇見了妳，妳真的認為可以嗎？

我反覆掙扎後總算打通電話時，她竟然馬上一口答應。

她和我約好下班後的六點二十分見面，但是約莫四點過後，突然又來電取消了，問我有沒有手機，她會在適當時間再打過來。

黃昏過後，她告訴我正在回家的路上，問我在哪裡，方便說話嗎？

「當然方便啊，請妳直說好了。」

然而不說話的也是她，我只聽見她站在車聲隆隆的馬路邊。

她忽然不像她，想要拒絕，想要見面，卻又重複反悔。

我們後來終於見到面時，已是兩個月後的夜晚，時間過了九點。

她穿著一雙白布鞋，鵝黃色的褲裙，棉質運動衫，沒上妝。

以她租住在河邊公寓的距離起算，她沿著堤道漫步來到橋頭這家咖啡廳，剛好就是掛了電話後直接出發和到達的時間。難怪她挑了這地點，衣服大概也是臨時起意的穿搭，白天那股妖麗的味道突然不見了，姣好的臉孔莫名地繃著幾分拘謹，兩手緊握著咖啡杯的暖意，一直沒有看我，一直看著河岸那邊越過樹梢吹來的風。

她也好像不認得我了，像是完全沒有見過面的約會，一切都是錯覺。

窗玻璃刮著竹枝搖曳的聲音，咖啡慢慢冷卻了，附近角落只有半桌客人，櫃檯服務生這時換了一張唱片。這麼陌生的氛圍是我沒有設想到的，我只好臨時想著什麼話題來轉換這種僵局，與其準備那些一廂情願的自白來嚇人，不如問問一些生活小事來讓她接腔。

妳從這裡去上班好像太遠了吧？

最近換工作，來不及換房子。

每天都要跑法院嗎？

人手不夠才跑，從事務所走兩條街就到了。

吃過飯了沒有？

吃過飯了。

我沒開口，她也就跟著不再說話，兩隻手藏到桌底下。

「文琦小姐，妳直說沒關係，見面是不是給妳帶來困擾？」

她搖搖頭，低聲說：「是沒想到，這麼快，不習慣……」

「抱歉，我以為妳很健談，聊聊天一定很輕鬆。」

她輕輕啊了一聲，似乎感到很愧疚，臉一下子紅了。

我原本全身還有些僵硬，看她這麼羞澀反倒又使我自在許多。也可以說，她的膽怯使我稍稍感到安心，沒有人給過我這麼輕鬆以對的機會，難得這一刻，我總算可以直視著前兩次還不敢張望的這張臉，眼睛裡的那股徬徨也被我發現了。她是怎麼了？誇口說要嫁給我的豪氣，羞答答的一陣沉默後都不見了。

但她顯然暗自調整著呼吸，答話時不再想太久，說完還會瞧瞧我的反應，直到碰見我的眼睛才又馬上逃離。如此有問有答琢磨了半個晚上，若把她說過的短句兜合起來，總算積少成多有了些許眉目——她念高中第三年時就從鄉下來到了城市，沒上過大學更不曾學過法律，只因為職場關係而對法律充滿著興趣和熱情，四年下來已經換了五家律師事務所，還會再換……。

說到法律，眼睛終於亮了起來。

「我遇到的律師都很有趣，有的做過法官，碰到自己的案子被以前的同事判太重，回到事務所會摔掉太太送來的便當。」

聊到法庭時還露出了笑容，「臨時要開羈押庭的時候，另一個律師老闆會叫我趕回去事務所燒香，還交代要買兩包檳榔放在香爐旁，說是要給好兄弟吃，他們吃了檳榔才會講義氣，冥冥中就會出面幫忙調解，時間一到法官真的就把人放了。」

說完後她的臉不再那麼紅了，嘴角也露出了笑意，可見談到法律簡直就是她唯一會說的台詞。時間來到十一點後，河岸那邊漸漸停風了，窗玻璃上卻開始落著小雨，這時她看著手錶，看著我，顯然想要回家，等著我開口就會馬上站起來。

準備打烊的咖啡廳把暖氣關掉了。

「文琦小姐，妳會不會冷？」

「愈來愈冷。」

「我陪妳跑回去吧？」

她看著暗無人跡的窗外，想了一下，「你不是有騎摩托車嗎？」

「也對，下雨了，我載妳回去可以少淋到雨。」

「不是，我用跑的，你在旁邊騎。」

嗯，至少她願意了。走出咖啡廳後，我真的一路跟隨，摩托車保持在她左後方一個小屁股的距離，她在慢跑中從嘴裡呼出來的霧氣，恰似一截小火車頭對著我噴出了白煙。在這寂靜的暗夜，一瞬間彷彿打亮了所有的燈光，我看著她這小小的背影，恍然覺得我所失去的歲月並沒有完全失去，時光的尾翼好像拖曳在長長的巷子裡，沒有人的巷子，冷清清的巷子，連灰貓跳過牆頭後就不再出現的巷子，突然出現了她這打破寧靜的腳步聲，只見她朝著我走了過來。

白天裡的她只是令人驚豔，此刻她這一副羞赧的模樣才真正教我動心。如果過去的我是軟弱的，她似乎使我變強了，使我的軟弱突然生出想要再愛一次的勇氣，哪怕這種勇氣曾經有過傷痕，可是又有哪一種愛情不是因為癡狂熱愛的勇氣才深烙在內心。

我為了避免摩托車熄火，減速後再小小地催油，快要抵上她時才又減速下來，像是危顫顫地走在險峻卻又甜蜜的一條鋼索上，而她碎步跑在前面簡直就像一個新生命正在為我領航。

當然，她突然判若兩人的模樣仍然困惑著我，後來的幾天我不斷地回想，把她完全相異的白天和夜晚漸漸兜攏起來後，才意識到她也許刻意活在兩個世界裡吧。以她這麼文靜又膽怯的性情，獨自賃居在城市裡是很難生存的，她為了使出求生本能，白天穿梭在法院裡像隻蝴蝶亂飛，用她俏皮的機智掩護著軟弱的自己，直到下班後無人的夜晚，才又回復這麼一副羞澀的原型。

不只這樣，後來我才知道，她不曾約會，第一次和男人喝咖啡。

我住在市外偏郊的一間老房子裡。

房子後院是公司懸置多年的荒地，以前常有卡車趁夜偷倒廢棄物，也有路過的跨區住戶隨手拋丟垃圾後走人，附近的野狗聞香而來扒光了袋子後，數不清的蚊蟲便開始群聚在四周飛舞。兩年多前集團管理部派工清除了雜荒並圍起鐵板，只留下這間搖搖欲墜的日式平房對著路口。再老的房子總要有人看守，於是總公司開始徵求員工免費入住，唯一條件就是每晚必須打開門燈示人，若是發覺四周有異就要起床充當守衛巡邏一番。

當時我一馬當先搶著報名登記，就是相中它的偏僻孤獨好念書，儼若一處寒窗苦讀的最佳去處，想像他日如果鯉躍龍門必定很快就成為佳話傳聞。結果登記名單公布後，四百多個員工竟然無人與我競爭，原因大多是顧慮到隔鄰只有幾戶農家和水田，誰都不敢想像這種鄙陋之地如何度過每天夜晚的孤寂。

每天我從這個屋舍騎車出發，正常情況下大約四十分鐘後就能準時到班打卡，遇上大雨擾阻或交通壅塞則也只要多花十來分鐘，但每月省下來的房租和水電花費卻相當可觀，夠我瘋狂買書仍有剩餘。古代寒士的苦日子大約就是這麼簡陋澹泊了，我活在虛華驕奢的社會中一樣毫不動搖，有時甚至還想要更刻苦些來感動天地，長期以來早就習慣了這樣的閉門獨居。

直到忽然出現了文琦小姐的身影，更使我燃起一股渴望的勇氣。

我花了將近一個星期剷除屋舍四周雜生的蔓草，緊接著揮汗掘地鬆土，光是撿拾不斷浮出土面的石塊就打包十幾個麻袋。然後我跑到大橋下的園藝市場大量買花，除了闢出小小的前院種滿了朱槿和桂花，兩邊的側院還鋪上石頭搭配著陽明山草皮，紅鏽的鐵門外則僱請怪手移來兩棵綠蔥蔥的落羽松。經過一番粉飾綠化後，整棟老屋舍好像重新活過來，雀躍的群鳥的叫聲到處通風報訊，幾天後形形色色的花蝴蝶跟著飛來採蜜，一下子把蟄伏的春意翻醒了。

在那卑微的、但充滿渴望的日子裡，我迎接了文琦小姐的到來。

她從河邊租屋處打包帶來的東西極為寥少，說是有些舊物送給室友，有些則因為從未買過所以當然沒有。那天咖啡廳裡我所看到的穿著，算是她的主要衣物之一，其餘幾件都是簡單夾克用來騎車擋風，再來就只剩下公司規定的那兩套換季制服；她的貼身衣物則用不透明的紙袋包得緊緊，悄悄擱在塑膠衣櫥最底下那一層，有點像是臨急暫來借住的遠客，生怕打擾屋主太多因而羞於見人。

我確定這些物品就是她的全部家當後，反而感到非常放心。

在這之前我們的戀愛並不算長，除了來自法院那次的機緣巧遇，我們後來的約會大都選在上班地點附近以及河岸那家咖啡廳，只有幾次較遠的去處是利用假日出遊。我們一起爬過郊外的幾座淺山，也曾通宵騎著摩托車直到天亮，兩人沿著森林外的夜間公路飛馳，一路上看不到車子和行人，她就像抱著親人那般貼靠在我身上，我則像要衝入夢境那樣整顆心懸在風中飛揚。

不久之後，她以這個搬家行動落實了我們的愛情。

頭一晚，終於來到了難免使她羞怯的時刻了，我特別為她關了燈，只留著門外書桌上那盞小燈的光影洩進來，整個房間陷入幽暗卻又不那麼暗，很適合她害羞地卸去衣物還看得見我在她身旁。結果我錯了。我只聽見她在黑暗中摸索，摸索一陣後卻又靜止無聲，然後渾身開始顫抖，且是從兩肩震晃著往下蔓延，連腳跟也不斷觸碰著床尾板而發出那種喀喀喀的敲擊聲，彷彿全身快要碎掉了那樣。

我趕緊起身去把燈打開，這時她並無閃躲，甚或是根本不想閃躲，髮絲是文風不動的，滿臉卻已經都是淚光。原來剛才她在黑暗中的摸索是因為哭泣，像揉皺了一張紙那樣把她的哭聲包在紙團裡，而沒有聲音的哭泣竟然像淹水一樣，下著雨的眼淚順著兩頰流到下巴不斷地滴落在床沿。

幸好她的衣服還沒脫，每一件都還穿在身上，我也認為她既然那麼害怕，這一刻就更不應該對她貪求，初夜對一個二十出頭的女孩是神聖的，對我而言更不可能當作最後的一夜來狂歡。

沒想到房間大亮後，她卻又不一樣了，這時她的顫抖已靜止，眼淚不再滂沱地落下，而且竟然開始主動脫衣，彷如我不在場，一直脫到內衣褲不剩還沒有接觸到我的目光。

然後她光溜溜地轉身向我，低頭不語，垂著兩手貼在腰下，像個剛來的女奴等待著走上祭壇，臉上那一股宿命感幾近壯烈又勇敢，一點都不害羞也不慌張。

在這短短一瞬的前後之間，明與暗的變幻之間，到底發生了什麼事，我完全看傻了眼，反而輪到自己脫著衣服時感到無比羞愧和不安。

這是我和她的第一夜，照理說也是第一次有機會可以更加了解她，可惜我錯過了。我不僅錯過了問她為什麼，一年多以後當我終於失去她時，我還是只能困惑在那個顛倒畫面裡，就像一直忘不掉她為什麼要在滿天的晚霞中離開那樣。

任何一件事如果需要回頭去想，即使想到了，也都過去了。

當然，這天晚上我們最後還是甜蜜地緊偎在一起。在那麼敞亮的、猶如陽光明媚的歡愛中，我們赤身裸體猶如暴露在野外的水邊嬉戲，我聽見落羽松的枯葉掉在黑瓦上，聽見老屋後面頻頻傳來水田裡的蛙聲，另有一種唧唧唧唧的蟲鳴則在幽微之處伴奏著，所有自然界的音籟彷彿一瞬間齊聚在床前，聽著我們報以間歇的呻吟，然後合為一首纏綿動人的樂音。

每天傍晚，我會去她上班的事務所樓下會合，兩人先在附近的街口用餐，回來後她不看電視，我也暫不看書，我們卸去衣物然後交纏著兩條肉體，彼時那些煩人的日常瑣碎都會在剎那間隱退，我們甚至從擁抱到愛撫到交歡結束都可以不發一語。

然後在更深的夜裡，為了和她重溫一次同樣熱烈的溫存，我會慎重地拿著手電筒到屋後四處搜尋，從鐵圍籬的縫隙中查看外面是否有人偷窺，當這些個動作完成之後，我快步奔向房間，快樂得像個孩子回到了自己的童年。

那陣子過後，我們的夜晚開始慢慢變長。長長的一屋子的暗影。九點和十點一樣靜，十點和凌晨一樣深沉。

九點整，我準時埋進書桌，為我承諾的考試進入苦戰，這時的文琦也會趕著做完家事，然後把自己關進獨自一人的世界裡。房間裡的電視沒有聲音，偶爾一聲悶悶的咳嗽很像抓著被單塞在嘴裡，走出來喝水都用她的影子走路，想要端茶給我的時候甚至躡著腳尖，半身停在轉角，只讓那張臉朝我探出一半，像剛從路上撿來的流浪貓不敢依偎過來。

我沒要求她這麼安靜，她原本可以四處走動，拿本雜誌坐在旁邊一起讀，或是看到好玩的電視廣告時不妨咯咯笑著，而不是堅持守住她口中的什麼戒律，像個守寡的嚴母為了孩子的功名寧願耗掉自己的青春。

我根本不知道這些點點滴滴竟然都是分手的徵兆，小小的悲劇原來是這麼安靜，當我以為完全擁有她的時候其實已經快要失去她了。

屋子裡那種沒有聲音的聲音其實都聽得見，像洶湧的流水包覆在一根根的水管裡，沿著牆面環繞在房屋四周，暗暗浮動的水聲就像一堆惡鄰居的耳語，使我想要專注念書時反而更容易分心，而且突然開始害怕如果每天都這樣，往後我們的處境會不會也都是這樣。

何況那種安靜頗不尋常，兩個人同住，反而超過了一個人的孤獨。屋子裡像是進行著一種非常溫柔的對峙，彼此顧忌著對方，沒有人願意聲張，久了之後好像變成了冷戰。有時我感到愧疚，只好悄悄開門進去看她，看到的卻是令我心碎的畫面：她朝著窗邊的牆面側躺，兩手勾在自己的胸前，那孤零零的模樣像在等待天亮，兩眼闔幾下馬上又輕輕眨開，天花板上的燈光照著她的臉，旁邊我的枕頭像是半蹲在那裡陪伴她，而床褥上已不復見那些纏綿後的撩痕了，一看就是兩個人整晚什麼事都沒做的清冷。

我後來只好試著調整作息，八點半到九點之間提早上床找她，我們僅以擁抱代替纏綿，然後快速展開愈來愈軟弱的性愛，有點像是一對旅人謹守著退房規定，脫衣服和穿衣服都一樣著急。

幸好她能理解，她翻身過來時臉上帶著身為女人的歉意，匆匆忙忙替我穿衣，還撿起地上的襪子幫我套上雙腳，然後輕拍一下床褥示意我趕快起身，火車快要開走了也沒有那麼焦急。

但總有某些時刻，某些屬於少女的時刻她的房間會傳出一種怪音，像是離家很遠的那種孤單的泣訴，仔細一聽才知道原來是她自己在獨語。我開門進去時，那些聲音馬上噤止，傻傻地回身對我笑著，來不及擦拭的眼睛這才泛出驚慌的淚光。

在那無窮盡的壓抑中，有一天，她總算問了幾個問題，大抵就是當初我來不及開口對她表白的那些題意。她的神情專注卻又恐懼，很想聽我親口說說愛不愛她或願意陪伴她一輩子嗎？她期待著我說出真心話，勾著臉注視著我的眼睛，好像擔心我的眼裡隨時會有一絲絲閃爍，很怕在那閃爍中有一些謊言會傷害了她。

後來我是怎麼告訴她的？我忘了，真的忘了，如果要我重來再說一遍，我還是會說我最愛她，用我全部的愛來愛，沒有回頭路也沒有任何保留……。

我以為那天她完全聽進去了，何況往後的日子她也沒有再問一次。通常每個男人都會認為只要親口說出愛，對方應該就會記住一輩子，不像說早安那樣每到天亮後就得重來。男人怎能理解愛這個字對女人而言其實只是氣體，是說了之後很快就會飛走的聲音，除非再說一次，今天說完明天再說一次，說得像海誓山盟那樣深深烙印在心裡。

我當然是愛妳的啊……。怎麼知道如今已經來不及了。

●

C棟四樓的那棟神來居，就是這麼決定下來的，一方面擔心愛她愛得不夠而覺得虧欠，或者也可以說是因為愛得夠深，才想要盡我所能跨越自己的不足，總之那是唯一我能做的，從郵局悄悄領出幾年來僅有的積蓄後，我徘徊在神來居的接待館外激動得快要哭出來。

幾乎就在同時，文琦辭去了事務所的工作，找了一家距離較近的安親班帶小孩。辭職前夕，她彷彿對著過去的自己想要做個了結，突然翻出一大疊的名片簿，裡面的每個頭銜都指給我看，一個個都是她以前遞出名片後回饋得來的收藏。律師、法官、檢察官、某某庭長……，連錄事、法警、總務人員，甚至每天來為人犯祈禱的牧師都有，使我更訝異以她那麼景仰著法律的態度，穿梭在法院裡的那段期間是深受著多少人的喜愛。

她決定將這些名片封藏起來，似乎意味著他們都被我取代了。

「這個檢察官是剛從桃園調來的，很喜歡錢。」她說。

還教我辨識清官，「聆聽被害人陳述時，他的眉毛會變成肉色。」

然後叮嚀著說：「以後你當律師不要收窮人的錢。」

「萬一委託辯護的每個都很窮呢？」我說。

「那就當個窮律師呀，我們又不是要馬上買房子。」

啊，我聽了多驕傲，就為著藏在心裡的那個祕密感到光榮，只有這種光榮才配得上真正的愛，其他的我寧願都不懂。直到分手後的現在回想起來，我仍不後悔當初隱藏著那個祕密，因為這是對她的承諾之外多出來的，唯有那毫不知情的愛被我隱藏下來，我才更加確定自己是多麼愛她。

我聽她說完那些人名和頭銜後，看著她把名片簿塞到櫃子底下，那副表情像是緬懷一段自己的歲月然後將它切斷，果然從那天開始她不曾再拿出來。

幾天後她的房間裡添了一盞燈。

她找來了幾個硬紙箱，疊高後鋪上一塊布，每晚就坐在這個桌箱旁溫習著她的「文琦姊姊說故事」。安親班裡的童話繪本時有更換，偶爾她會把剛讀到的情節念給我聽，其中有一段似乎穿插著她自己的往事——當她說到酗酒的父親每天半夜回到家裡的情景，故事中那小女孩驚恐的眼淚馬上流到她自己的臉上來。

「小女孩躲到外婆家，因為媽媽隨著採茶車住在高山的工寮。」

她把淚水止住後，回頭笑著試探我，「突然好想念我媽媽喔，你有時間陪我去山上找她嗎？考完試能不能好好陪我一天，我帶你去看她怎麼採茶，每天都在烈陽下戴著斗笠，臉頰兩邊還掛著面紗。」

考季快到時，公司准了我一個月的事假，每天中午她買了兩個便當回來，像個農婦陪著田埂上的割稻工默默扒著飯。逢到假日無處可去，她就刻意停留在屋外的空地上徘徊，有時走進側院裡摘些蔓草，不然就是從頭到尾再澆一次花，有一次還瞧見她坐在屋底下突出來的層板上，用她手裡的花剪刮著屁股下的那塊老木頭，然後竟然俯身下去聞，像一隻飢餓的啄木鳥尋覓著昆蟲的異香。

在那愈來愈怪異的動作中，她打發著用不完的每一分鐘。

考試日期逼近時，屋子裡的氣息更像一條條神經被她扭緊了，有時我想停下來和她說說話，反而被她推回到書桌旁坐下來。她甚至有意離我更遠，每晚提前弄完那些瑣碎家務後，早早關進房間裡開始假睡，縮在被單裡的身軀直對著窗口的風，我輕輕叫她時毫無應答，隔天出門上班卻兩眼浮腫，似乎一夜沒睡的困倦全都寫在臉上。

連著幾天後，她大概終於受不住身心的煎熬，水槽裡總算被我發現遺落了兩副碗筷，用來剝豌豆的籃子也掉落在桌底下。我以為她病了，潛入房間才發現她躺在平常最害怕的黑暗裡，而且不再是孤零零側躺一旁的睡姿，而是毫無遮掩地仰著四肢朝天沉睡著，像練氣那般從她的肺腑深處發出了渾厚驚人的鼾聲。

我知道她存心陪我一起煎熬，只怕她這分苦心終究只是徒勞，她似乎把這次的考試看作最後一場戰役，看得比她自己的生命還重，難免使我更擔憂著即將到來的結果。任何人不見得只要苦讀就能考上，有時還牽涉到命運，有時甚至他一出生就注定了命運。沒考上並不代表我不愛她，相對的，我太愛她了，對她的承諾都放在心上，重拾書本後除了呼吸就只剩下這唯一的念頭。

可是院子裡那些寂寞的朱槿漸漸不開花了。

●

艱難的一戰度過後，終於等到放榜的日子，彷彿也是她的日子。

一大早她就起床了，我以為她在廚房裡煮粥，原來那些瑣碎的聲音只為了預備著出門用的茶水，另外她還弄了一盤最擅長的海苔飯糰，把點心裝進盒子後，這時才走進房間裡盥洗更衣。

我懶洋洋來到廳外時，她已穿上小夾克和一件紅裙子，而門外那台摩托車早早就被她發動了，正在噗噗噗噗地催促在晨風中。

「今天換我來騎，我載你。」她興奮地說。

「天色轉暗了，看來馬上會下雨，而且又那麼遠……」

「下雨有什麼好怕的，你考上了嘛，我夢到了。」

對於下雨，我的直截反應當然不會是好兆。雖然每個看榜人也會遇上雨，但他們的雨不見得和我一樣，我的雨往往是連著過去的雨一起下著的。我會想起家人的死亡，想起戀人的絕情，想起自己一落千丈的雄心，前塵往事裡的那些雨是何等哀淒，到處都是泥濘，甚至如今我只要聽到雨聲，咆哮著我的父親還會在死後多年彷彿捧著他的酒瓶朝我砸過來。

我當然寧願相信文琦夢見的都是真實的願景，以她那麼認命的陪伴，那美好的夢境想必相當可觀，也許真的是那種鑼鼓喧天的場面，但也最怕只是因為恍惚的雜念累積太久而成為了一場亂夢，變成日有所思而夜有所夢，那就不是自然的夢了，何況再自然的夢也不過就是一個夢罷了。我也曾夢見自己當上大法官，那是十年前草擬讀書計畫時自然跑進夢裡的徒勞夢，然而狂暴的雨就是從當天晚上凌晨三點開始瘋狂下著的，隔天清晨我母親裝在箱子裡的縫紉機也隨著那次的大水漂走了。

雨真的開始下著了。摩托車跨過大橋時，河面已經密密痲痲漂滿了水滴，雨聲急切得像一陣陣由遠而近的鑼鼓，她只好歪著頭像一隻鴿子把臉貼在頸子裡。但她並不是為了躲開那額頭上的雨，而是為了貼近濕潤的嘴巴和我說話，彷如母親沿路對著返校日的孩子不停地叮嚀。儘管凶猛的雨勢逐漸模糊了去路，卻使她更加興奮起來，她幾乎把話說光了，嗓子突然變得乾澀而吃力，只好開始吶喊著頻頻被風雨打散的氣音。

「聽說今年律師……的錄取……增加了。」

「嗯。」

「怎麼不說話？你的手……抱緊嘛，不要睡……」

她這話剛說完，摩托車卻在彎道上噗嚓一聲打滑了，像個馬拉松選手快到終點站時一瞬間趴躍而去，輪子還在水溝邊空轉著，引擎卻熄火了。但我從沒看過她竟然那麼神勇，整個人撲出去時馬上又翻身坐在原地，安全帽鬆掉了，像個小雕堡被炸開後晃蕩在她耳旁。

我們暈暈地坐在路邊等待著清醒，然後慢慢清醒，慢慢發現雨還在下著，路還在路上，即使摩托車摔壞了，至少滿懷的希望並沒有摔壞，只是暫時有點滑稽罷了。也許就因為我們共同意識到那僅有的幸福還在，於是兩個人突然相視而笑，也是因為太久太久沒有笑了，為了慶幸著還能笑出來而笑得更大聲，笑得不顧雨衣迎著風啪啦啪啦響。尤其是她，笑得聲音都沙啞了。是的，如果我被錄取的名字早就寫在榜上，則我們這樣狼狽地坐在雨中，其實也是非常非常值得了。

我們拋下摩托車跑了一段路抵達現場時，雨停了，看榜的人愈來愈多，臨時被移到走廊避雨的布告欄四周擠滿了人潮。在這可說已經揭曉的一刻，我突然幾近暈眩地鬆開了被她勾在手心裡的指頭，她轉頭看我一眼，大概能體會我心中的障礙，突然像隻鴨子撲著翅膀啪啪啪踩進滿地的水窪裡，然後朝著那些人影跑了過去。

她像箭一樣的速度穿進人群，踮起腳尖在那些縫隙中移動著，那件少女般的紅裙緊緊抓住了我的眼睛，直到我看著它在那些擁簇的人影中淹沒。

我們並沒有約定暗號，我只知道那紅豔豔的裙片會說話，當它從人群中鑽出來時將會是多麼耀眼，像一輪初升的紅朝陽，像兩片非常熱烈的紅唇，或者像她突然因為太過驚喜而哭紅了的眼睛……。

很久很久她一直沒有出來。

●

看榜後的當天下午，文琦出門去診所敷藥，回來時一臉慘白。

她手上捏著藥袋，發現我盯著它時趕緊藏到背後，一轉身閃進了房間。我跟在她後面追問，說是淋雨感冒順便看了醫生，聽不到一聲咳嗽，就算有，她看醫生從來都是推三阻四，沒事更不可能主動上醫院，怕就是有什麼病情被她隱瞞了下來。

整晚她就一直躺在床上，獨自面對著窗邊那堵牆，死靜得像要把自己嵌進那片牆洞裡。我一再問她怎麼了，反而睡著了，是真的睡著了，那一頭亂髮掩著蒼黃的面色，我俯身下去聽不出任何動靜，只有外面的秋聲不斷從窗縫中穿透進來，小小的肩膀動也不動，像一片葉子抗拒著風，一絲絲的顫抖都沒有。

我們之間並沒有什麼問題，她本來都好好的，我甚至知道她想要做什麼。那是一個多月前某次剛結束的性愛，我從浴室出來時，她還在床上，怪異地把她那雙腿倒掛在床頭。那個樣子我曾看過，在「新婚家庭」電視節目中，一個女助理當場示範的就是這個教人受孕的動作，彷如高舉著身為女人的聖杯，用那涓滴不漏的容器接收著男人傾注的生命。

倘若當時她已打算離開我，就不至於還有這個念頭吧。

但她顯然不願意讓我知道，那雙眼睛從被褥中睇見我在看她時，倒舉的雙腿倏地垂放下來，臉上滿溢著倒流的血色，難為情地拉上被單，然後指著窗外的霞光分散我的注意。

「鴿子。」她叫著。

窗外遠處的屋頂，有人揮著紅旗，一群鴿子正在飛繞著天空。

房間裡沒有窗簾，我走過去幫她遮掩，順便看著牠們愈飛愈高，然後告訴她，那些鴿子都是比賽用的，聽說那個人一直想要拿到冠軍。

我回頭看她時，已經掩著身子溜進浴室裡。

啊，那時我還沒落榜，一切充滿著希望。

●

緊接下來的日子，我和文琦好像有事又像沒事，屋子裡飄著淡淡的哀愁，而為了迴避那哀愁反而變得無話可說。她也因此改變了作息，每天比我早一個小時出門，跟著安親班的廂型車跨區出去載小孩，我下班後她還在一家賣場裡兼差守櫃檯，兩人真正見到面時夜已深了。

我停下來不碰那些書後，她也跟著開始不碰我，偶爾說一些賣場笑話給我聽，沒有笑話時就埋頭寫著她的日記，反剩下我一人突兀地閒晃著，有時倚靠著那些裝書的紙箱睡著了。

連續多日的雨季裡，她從賣場回來時全身罩著薄薄的黃雨衣，腳踏車在那迷濛的雨霧中就像電影的片尾，兩個輪子彷彿停在畫面中遲緩地前進後退著。我每晚撐著傘站在門口等她，那台腳踏車在雨中的小路上愈騎愈慢，真的就像騎在即將落幕的散場尾聲裡，等她終於停靠過來時，整個人軟軟地癱在我身上，前額到臉頰到脖子以下全都濕透了。

電影散場時其實還有一些白茫茫的文字跑在銀幕上，它們一直往上移動然後一直消失，如同一個不完整的故事還有很多話沒有說完。我想跟文琦說的話好比就是那些快速移動的字，如果不趕快把話說完，也許我和她之間的銀幕就快要暗下來了。

可是要怎麼說呢？落榜後的我還能說什麼？我扶著她拋下來的雨中的腳踏車，看著她脫下雨衣走進屋子裡的背影，突然害怕得不敢關上鐵門，很怕跟著她進去後我們的一切反而消失在裡面了。

啊，即便是那樣低沉的夜晚，我們也還沒有分開。

直到這一天，朋友邀請她免費遊香港的電話突然打進來，這時才產生了變化，好像連日的低迷就為了等待這個歡樂，非要等到歡樂像一陣薰風款款吹來，讓人逐漸失去悲傷的防禦力，悲傷才會跟著歡樂一起降臨。

「香港耶，天啊我可以去香港了。」

「嗯，算妳運氣好，趁機會好好去玩玩吧。」

「要不是她老公月底趕出貨，才輪不到我呢。」
「妳去了會想再去，那裡的夜景迷死人。」
「那你怎麼辦，好可憐，整整四天……」
話沒說完，她一溜煙跑得比烏雲還快，搶收著曬衣架上那些衣服，進來後坐在窗下邊說話邊摺衣，一件衣服摺兩次，弄亂了又重來。好不容易終於摺好了，拿到房間抽屜裡放好又跑出來，雀躍著抱住我，驚喜中帶著感傷，好像飛機已經等在門外，是那麼撒嬌地暱著最後幾分鐘的相聚。
抵達香港後的文琦，還是不斷地寫來簡訊，說她在朋友的慫恿下試穿了幾雙鞋，過街時不小心撞到一個白人，走到第幾個路口終於看到海……。
第三天我已吃完她為我準備的食材，然後開始進入等待。
反而是這樣的時刻，等待她回來相聚的時刻，我們才走上了終點。
但我並沒有察覺，一部列車正在換軌時竟然是如此安靜的，沒有人給我們預警，恐怕連她自己也毫無所悉。在這充滿著浪漫期待的第四天，我還特別請了半天假，棉被乖乖地疊好，用過的碗筷全都洗乾淨了，桌上也看不到一本亂書，只有窗邊的光線中飄浮著和我一樣喜悅的塵埃。

時間有點整人，等待是那麼動人，隨著時針分針乃至秒針逐步逼近，我突然心生一計，悄悄掩上了大門，留著門縫等她自己回來推開。然後呢，然後我躲在書桌後面那隱密的、好比就是內心深處的孤單的角落，等著她推門進來的瞬間，用我連續四天來最寂寞的思念朝她擠出一張鬼臉，然後像鬼那樣捉弄她一大聲，狂笑而又由衷地靦腆著，彷彿這輩子終於等到了她這個親人。

六點還差七分，那台跑車果然虎虎地把她送回到大門口。

行李卸下來後，車子開走了，門外終於只剩下她一人。

我屏住呼吸等待著。除了那輕巧的衣箱，地上多出了幾個購物袋，她把那些袋子拿起來疊在箱子上，照理說這時候就應該走進來了，她卻沒有動靜，突然停在原地站著，然後莫名地抬起頭望著天邊的晚霞。

那雖然是很美的晚霞，但為什麼只看著晚霞？多麼令人沮喪的晚霞。她望了幾眼後轉頭回來，姣好的臉蛋卻突然垂下來。我以為那是旅途太過疲累的緣故，正打算放棄這無聊的遊戲跑出去帶她進門，卻沒想到這時她已蹲下去了，整個臉埋在自己的膝蓋間，然後……，然後開始非常非常響亮地痛哭起來。

第二章

「找到文琦小姐了嗎？」神來居的女主管來電催促著。

「妳先告訴我，公司決定怎樣，還是要沒收嗎？」

「坦白說啦，景氣也不是很好……，」她刻意壓低嗓子，好像還把話筒掩在嘴邊，「我已經替你爭取到了，只要繼續繳款，那些遲延利息都免收，這樣你就知道我們的誠意了。」

「那就把那封信撤回，給我一張繼續繳款的同意函。」

「可以，但你也要找到文琦小姐，產權登記就要開始辦理了。」

一個禮拜後，我果然收到了同意函，除了催收那些欠款，也一併告知新的期款已來到十五樓的進度，她還把對保時間、產權登記和雜項費用清清楚楚列在一張表上。

可惜我已沒有錢了，也沒有人，而且已經沒有夢。

文琦離開後，留給我的是一連串的錯愕與難堪，我以為那是分手後難免會有的傷感，直到慢慢適應了那種孤單，才發現孤單已化為形體，隨時會以一種很難捉摸的光影出現在她不在的角落，譬如她用過的抽屜，摸過的桌椅，每天進出的廚房，還有她開門關門總是咿呀一聲的訊息……。當這些似有若無的形體逐步占領了每個視線，悲傷才正式湧現，宛如親人和我永別，大量的海水淹沒著海水。

我不敢四處找她，覺得這是男人的恥辱而一直無法獨自走在街上，連去攤子上吃一碗麵都感到無比困難。明明離開的是她，留下來的我反而遭受著莫名的懲罰，我反覆檢討自己哪裡做錯了，也很想把所有的過錯都歸給自己承擔，只要找得出是我所犯的錯，也許就能在羞愧中排除掉被她拋棄的悲傷。

我只打過一通電話，躲在灰暗的黃昏角落，小小聲問著那家安親班，以一種非常悲哀的心靈，軟弱而又含糊地，大抵就是說著「請問……文琦……小姐她在嗎？」那樣的問句。

接下來的日子，還是沒有任何一刻能使我靜下來，我只好利用無人的深夜開始走路，不停地走，唯有藉著快步行走來脫離敏感的神經，走到腦海失去雜念，走到兩條腿彷彿屬於別人，所有的知覺僅僅只有文琦一人的身影。

我一直走到最初和她見面的那家咖啡廳，然後從那裡折返。

然後再走一次，沿著河岸經過一座橋，終於望見了她以前租住的那棟公寓的燈光。我走到下游的河岸才停下來，腦海裡總算重回到清醒狀態，想起當時她就是帶著簡單衣物從這裡搬走的，這時似乎才願意相信她真的已經離開我了。

所有的悲傷耗盡後，我冷靜了下來，決心開始找她。

●

這年冬天，我毅然辭去法務室的工作。

離職前兩天，適巧總公司舉辦尾牙宴，順便為我這個小職員餞別。餐宴設在關係企業的飯店，平常深居簡出的老董座難得露面了，竟然舉著紅酒杯喊我上台。他說這幾年我最大的貢獻就是堅守在那間破房子裡，無形中替公司守住了寶貴資產，否則說不定價格很差的那幾年早就把土地賤賣了。

他從西裝口袋裡掏出一個精緻禮盒，拿在手上唱了一首歌。

老人的歌音普通，卻已陶醉得滿臉通紅，唱完後要大家猜他手中的禮物，猜中了不僅有賞，還可以上台擔任我的頒獎人。眾人舉手，十幾個同事猜對了那是一款相當名貴的鋼筆，遊戲只好重來，規定還要再說出鋼筆的品牌年份才能算數。

在這慢慢酣熱起來的氛圍中，神來居准我繼續繳款的同意函還在胸口上隱隱作痛，我一口氣喝掉滿杯紅酒，並沒有明顯感覺到那支名筆所帶給我的榮耀，我想到的是就算守住了老房子，可是真正應該守住的女人我卻不小心把她弄丟了。

沒有人知道這件事，包括上帝，還有遠在鄉下的母親。

但吃飯還是要吃的，我領了禮盒下台後，大口喝著苦酒，一筷筷的菜照樣夾，魚啊肉的不分次序塞了滿嘴，當同事們紛紛詢問著我的去處時，我的咀嚼開始瞬間加快，像把一堆芭樂鳳梨蘋果香蕉匆匆丟進了果汁機，機器正在強力啟動，把我滿嘴的羮渣混合著那種我以為快要死掉了的滋味一起攪拌了起來。

「去柳蔭龍那裡。」吞下那些雜菜後，我打著嗝說。

每天在法律邊界打滾的人，誰都聽過這位柳律師，現在他最紅。

我只是稍稍透露他的名字，桌間立即騷動，每人一嘴一句忙亂起來。

別開玩笑了。你說正經一點。哪裡不能去，偏偏……。你還是不要走吧。乾脆申請留職停薪，再衝刺一年……。我有個學長也開事務所，聽說最近缺人。你可以先考法官助理嘛，機率大多了。我姊姊昨天開庭的時候看到你，她說你大概瘦了五公斤……。

當這些熱烈的嘴巴停下來時，偌大的餐宴依然持續喧譁，只有同桌這幾個臉孔還流露著吃驚詫異的表情，空氣中有燒酒雞的味道，彷彿也有一種悻悻然的味道，我知道那是什麼，柳律師的名字一出現就是這個味道了。

他們大都是我的學長，也有幾個雖然不同校，司法改革喊得震耳欲聾的那幾年早就湊在一起，沒料到十年後被改革的卻不是司法，反而是更加絕望的我們這代人，那些年輕時的銳氣早已掩上滄桑，任誰都激昂不起來，頂多在這茶餘飯後嘀咕著幾聲淡淡的惆悵。

第幾道新菜又上桌了，此刻的話題卻又回到了柳律師身上。

「律師業這幾年那麼慘淡，就只有他這種人混得最好。」

「哪有什麼好不好的？這個人就是大膽，不照規矩來。」

「不會出事嗎？」

「怎麼會，司法生態鏈都是一大掛，出事還得了。」

「人家命好。」

突然有人狎笑著。「好命的男人都嘛中年賺大錢，剛好又喪偶。」

「別說得這麼缺德，你的消息正確嗎？是真的嗎？」

「連退休教授都打電話來了，說柳律師最近娶了一個美嬌娘。」

「噢，你們是在嫉妒嗎？喝酒啦，祝我們的老婆身體健康。」

台上這時宣布了，再等一道菜就要進行摸彩。

●

柳律師這個人不喜歡等待。

他不喜歡枯坐在事務所裡會客，不喜歡客人離開後的桌上還有茶杯，也不喜歡雨停的時候還在幫他撐傘。他尤其不喜歡到了法院卻還沒開庭，所以嚴格規定我每次都要早到，守候在第幾庭的門口替他把關，案子快輪到他時才打電話通知他來。

他也像趕場藝人那樣先在計程車後座裡換裝，下車時已經穿好了一襲黑色法袍，從大門那邊走來時擺盪的袍尾頗像老鷹拍著翅膀。那副疾如風的樣子看起來就是大律師菈庭，一上場彷彿就要進行殊死戰，稀疏的亂髮很少抹油的緣故，乍看像一頭老獅子站在法庭上咆哮，除非法官制止，否則他訓斥著對方時毫不手軟，任誰聽了都會相信勝利者就是他。

柳的事務所網羅了六名律師，採用利潤中心制獨立接案，他身為所長，習慣把一些小案讓給年輕人，遇到重大案件才由他親自出馬。照理說，他這個所長應該就很輕鬆從容，卻又不見得，他說：「碰到大案就像女人難產，你別以為醫生光瞧著超音波就能接生，臨時出狀況還是要大費手腳的。我做的就是處理一些疑難雜症，不然我幹麼急著找你來當法務主任，你沒看我每天都忙不過來？」

他的外貌清癯，眼睛很小，額頭較寬，出門總像是急著躲雨或躲太陽，吃飯則以出菜快慢來決定去哪一家餐廳，很少看到他細嚼慢嚥，通常都是扒幾口飯就順便看看上庭用的卷宗。也大概是為了維持清晰的頭腦，他以大小不拘的餐館或咖啡廳作為行動辦公室，一來沒有閒雜人干擾，二來有些當事人不想在事務所曝光。因此，很多委託案都在隱密的小角落或包廂裡商議，遇到悄悄話需要咬耳朵時才把我支開。

「我不是不信任你，做給對方看的嘛，讓他們知道我這個人最重視的就是客戶的隱私。」他說：「你要很清楚，一個聰明的律師就像媒婆，應該小聲說話時連手指頭都要堵在嘴巴上，你懂嗎？不然說得天花亂墜有什麼屁用，不太重要的事情反而更要小聲講，最好對方的耳朵還真的附上來，人性嘛，你把嫁不出去的女人說得越神祕，對方聽了自然就很安心。」

柳說話時眼睛看著前方，發覺我沒吭聲就會馬上轉過頭來。

為了讓他像個教主，我除了聆聽，還得有一副認真做筆記的表情。

我來應徵時，談妥的職務是法務主任，卻直到現在還莫名其妙地當著他的跟班。我的前任是個漂亮熟女，聽說經常被他罵到像個無辜女孩那樣哭，這要怎麼說呢？她的能力其實不錯，辦理移交那天還讓我看傻了眼，不論資料造冊或製作公文書的品味都做得相當完美，從封面、內頁到封底若不是專業美工兼裁縫，那些枯燥乏味的東西不可能弄得條理分明。還有，一般書狀難免混雜著原告、被告、共犯和證人若干人等，案情關係交叉牽扯，說有多複雜就像一部亂寫的天書，卻只要經由這位漂亮熟女的細筆潤色，全都像一排精壯的士兵列隊接受檢閱，一看就知道她在這些案卷上耗費了多少心思。

卻也因為這些優點，柳律師把她辭退了。

「做得那麼乾淨，不就是完全扼殺掉我腦袋裡的邏輯嗎？」他說：「一個夠格的法務主任不能只搞這些小創意，要懂得幫我解析案情，短時間內找出適用的法條，這樣才能幫我快速掌握到重點，不然我找幾個美術系的來打工不就好了，何必找她來哭哭啼啼那麼委屈？」

他舉例子說：「富二代強暴六個女大生，我接這種案子有錯嗎？說難聽一點，人又不是我強暴的，只不過是幫忙辯護而已嘛，她莫名其妙對我發飆，你看這種法務主任還能用嗎？」

「就算富二代，刑責還是跑不掉。」我說。

「那如果是你來辯護，你要怎麼著手？」

「我可能不會接這種案子，沒有什麼挑戰性。」

「這就是死腦筋，你遲早會害我關門。挑戰性？嫌犯是你家人呢？」

「一樣吧，法律之前……」

「哼，你試用期滿如果沒有通過，就是因為說了這句話。」

法律之前怎麼可能會平等呢？他在路邊突然大聲叫了起來。

這時我們正在斑馬線上等紅燈，四周都是車聲，因而稍稍稀釋掉了他的大嗓門，但我還是難以忍受這麼大聲的斥責。幸好他不耐久等，兩腳跨了幾步斑馬線，左看右看著兩邊車流，突然跺了幾腳就衝過去了，然後站在對面的路邊冷冷看著我。

我和他剛從一個販毒案的合議庭出來，正要徒步去參加一個晚宴，餐廳就在法院大樓後方一家新開的酒樓上。宴主是事務所的長期客戶，以前除了買賣軍火，聽說頗受爭議的傳銷事業也做得有聲有色，今晚則是慶祝該集團土地重劃成功，光是政府官員和中央民代就邀請了五桌人。

「你有駕照吧？那台白色豐田以後就讓你開，不然像這種要遠不遠的短距離怎麼辦，你如果夠靈活的話就應該先繞回去開過來載我，不然我穿著這身律師服滿街跑像話嗎？」

酒宴吃到一半時，我看著滿場的高賓貴客，突然想起他剛才舉例的那個富二代。難怪他講起話來誇張又傲慢，就算他沒有通天本領，憑著眼前這種杯觥交錯的人脈就足夠讓他巧妙唆使一輩子了。人間事物明明都有一套傳統道理在守護著，偏偏一放在法律的磅秤上反而變得荒謬突梯，我一直考不上大概就因為他說的死腦筋吧，平常準備的功課可能過於深奧了，碰到他隨便一問這種簡答題馬上就說不出話來。

幸好我對他的本事毫無興趣，只期待他在這種場合裡盡量喝，多喝幾杯。是的，他最好趕快喝到爛醉，我的期待就只有這樣。當我扶著他回去時，我將悄悄把臉夾在他的臂彎下，然後按響他家的門鈴。然後，在這神聖又卑微的一刻，我的眼睛將會是多麼興奮地閃爍著，直等著年輕的柳太太從屋子裡走出來……。

●

柳太太沒有自己的位子。

六個律師各有獨立的小房間，剩下的大廳裡坐滿了法務助理和行政專員，排排坐的桌椅後面只容一人通行，傳真列印和講電話的聲音隨處可聞，密集的空間裡顯然容不下其他任何人。

事務所裡唯一較悠閒的角落反而是在入口，那裡的左邊有個往內縮進去的小門廳，平常用來吊掛著律師袍，下雨天則有偷懶的人把雨傘直接擱在牆角下。這個小門廳就像個小和室，牆上框著一面寬寬淺淺的壁龕，隨時等著柳太太來給它插上一盆花。聽說她已很少來，來了也只是把所有盆罐裡的殘花換上新綠，柳律師在的時候會把她叫進房間，不在她就毫不停留，頂多和大家揮揮手，像是要大家把她忘了。

「有一次我端茶進去，夫人在哭。」總機小姐說。

「為什麼哭？」

「你這樣問好奇怪，女人都會哭。」

「柳律師和她吵架了？」

「我怎麼知道，他罵我進房間沒有敲門。」

總機小姐告訴我，自從那次以後，柳太太就更少露面了。

但我還是願意等待，出門辦事時也會趕在午飯時間溜回來，拎著便當混在幾個女同事的餐桌上，她們並不明白我為什麼不在外面吃，畢竟吃了飯還要再出去忙。我也不明白。人的一生中總有對某些事物完全弄不明白的時刻，唯有跨過那些困頓或模糊的界線才走得下去吧？我只好走到這裡了。

除了等待，每天跑完法院行程，哪怕事務所已經關門打烊，我還是會繞回來摸黑開門，打開所有的燈光，為的就是想要知道柳太太今天是否來過了，壁龕裡有沒有她新插的花？

一個多月過去後，這天下午，她總算走進來了。

繁忙的午後時段，柳律師剛好自行外出，我難得換上了拖鞋坐在助理群後面的牆邊，遠遠就看得到大門內外的動靜，何況有客人進來時，自動玻璃門就會搖響門下的那一串鈴。今天午後這串鈴連響了兩次。第一次是穿著工作服的花店老闆抱進來一盆棕櫚樹，鈴聲落靜後換她捧著一大蓬花材走進來。她穿著白織花的長洋裝，胸口上那些花材雖然掩住了她的臉，但我已能確認就是她，弱不禁風的瘦長，且在腰下繫著一條細帶子，以前是蘋果色，今天則像一條紫藤花。

花店老闆在柳的房間裡擺好了兩盆棕櫚樹，另外搬走了一棵枯竹離開後，這時還沒有哪個助理有空起身過來幫忙，柳太太自己攤開那些花材擱在和室地板上，抹抹手，晃一晃那長枝條把她勾亂了的頭髮，重新垂到肩上後總算露出了瘦俏的側臉來。

稍稍地變胖了。

她直接拿著花器到洗手間裡盛水，回來時手上多出一把花剪，忙完電話的總機小姐搬來一個矮凳讓她坐著，順便蹲下來看著她剪枝，等著把一些捨棄的枯枝敗葉收在舊報紙上。

然後她開始插花。

我這法務主任算是個助理頭，坐在最後面只能看到矮凳上的長髮，以前它的長度只到耳下，如今已經垂過肩頭了，卻一樣還是全世界最細嫩的黑髮。但她今天改樣了，腦後突然繫著一隻紫蝶，當她彎下肩膀又挺起來時，那隻蝴蝶彷彿趁機睨我一眼，突然振著雙翼對我悲哀地顫晃著。

我不知道今天她帶來什麼花，只有當她起身調弄著那些枝葉的層次時，那件長飄飄的白衫才會再映入眼底，可惜沒多久又坐了下去。剪枝的聲音也跟著愈來愈稀落，偶爾需要剪除一枝粗梗時，由於稍稍使著手勁，那冷冷一刀切斷的聲音便混合著一股強烈的悲哀朝我襲來。

在那間老屋裡剪枝時，一邊說著話的緣故，沒有這樣冷冽的聲音。

我很想走過去，很想讓她發現我，很想抱緊她。

然而從她進門直到現在，我除了驚慌地看著她的側影，只能忙著綁緊我的鞋帶。急亂中我把上下兩條鞋帶錯綁在一起了。我當然知道她不會朝我這邊走過來，然而面對著夢幻泡影般這樣的一瞬間來到眼前，潛意識裡是急著想要跑過去把她留下來的吧？難怪連帶子也迫不及待地綁錯了。

這輩子大概連鞋帶也綁不好了。我想要彎身到桌下重綁一次時，她已經插好了花，朝著大廳張望一眼，發現到臨街的那間會客室還空著，於是她沿著牆邊的甬道走了進去。

柳太太就算沒有自己的位子，但是當她坐了下來，兩手交握著放在桌上，那優雅又嫻靜的儀態就像已經找到了自己的位子那樣。她一邊看著窗外的街景，偶爾稍稍側過臉來，把她那雙憂愁的眼睛投映在隔牆用的玻璃上。

快要下班的黃昏，幾個女助理總算忙完了文書，端著茶水和小點心進去和她招呼，然後坐在一起閒聊起來。聊到了什麼呢？只見她微微笑著，大概是聽到了事務所已經物色到新主任，難免引發了好奇心，於是她隨著助理的手勢朝我這邊望了過來。

那一抹笑意便在這轉瞬間突然凝住了，微笑著的嘴唇一時來不及合緊，頗像一張拍得很突兀的攝影。我雖然已經轉頭避開她，還是瞥見了那張臉因為錯愕而垂萎下來的側影，不就是那天晚上決定離開時的神情嗎？那樣一副不知所措的哀淒。

柳太太？柳太太。如此陌生的稱謂，卻又是那麼不快樂的身影，分手不到兩年，出門時像個悲傷的孩子，如今已是個滄桑的小女人。別人像她這般年紀快樂得鮮眉亮眼，她卻像一朵孤單的蓓蕾，早不開晚不開，偏偏是那麼突兀地開在柳這號人物的花園裡，到底是我使她多委屈，寧願被那一隻髒手移植過來？

我把柳交代的白色豐田整理乾淨後，彷彿從此踏上了憎恨的旅程。

庭訊滿檔的日子，我會把車停在法院圍牆外，方便他在前後兩庭之間抽身出來上車出發。他要去的地方都是一些頗怪異的地點，例如去一家速食店會見某人，臨時繞進一條巷子裡按門鈴，或是趕往慶祝紀念會等等場合和某人交頭接耳；時間緊迫時他甚至替我守車，要我提著滿袋子禮物快步衝上五樓公寓交給一個女人，然後趕在幾點幾分把他送回法院裡準時到庭。

這些瑣碎行徑卻都是他的委託案屢屢獲得勝訴的關鍵，原來法律的世界並非我所想像的那麼高深，那些生硬的法條其實都是用來嚇人的，柳就是有辦法從中梳理出一條條柔軟的曲線，用他自己的活法律來打開別人打不開的僵局。

譬如擺在藝品店裡的贗品，外人並不知道那都是洗錢用的，總有一些人會坐著進口轎車來，像個收藏家背著雙手輕聲評賞，哪怕滿眼都是假貨，仍然有模有樣好像喜愛得流連忘返。一個古代痰盂兩百萬，死人吸過的煙斗幾十萬起跳也不見有人皺皺眉頭，他們買回去會不會丟進垃圾桶並不重要，最後總有白手套會來藝品店裡把那些現金一次拿走。

慢慢我才知道，柳為什麼走路總是那麼匆忙，原來那是忙著打聽各種訊息養成的習慣，碎步走小路當然輕快多了，憑他那麼機伶的手腕輕輕一撥弄，大約就知道哪個案子會在多久的時間內掌握到勝算。

「我帶你多跑幾個地方，以後你就要自己來，」他說：「剛才你看到了沒有，別瞧不起這個傢伙掰咖，有些人脈都還要靠他替我拉攏，你看他被打斷一條腿還那麼神勇，可見以前這個人多厲害。硬碰硬的場面不見得有誰幫得上忙，反而像他這種不起眼的最適合走巷子，比烏龜爬水溝還要安全。」

「下一庭快要開始了。」

「既然有車，你急什麼？」

他開門坐進來，抓出屁股下被他壓扁的那本書，看了幾眼，「赫曼赫塞，還是赫塞赫曼？你怎麼還看這種鬼東西？難怪做什麼事都還不太牢靠，你們這些人就是太感性了，走法律這條路可以這樣不食人間煙火嗎？像前任那個，叫她做點什麼事就哇哇叫，好像我要帶她去見閻王。」

他翻了幾頁，冷哼兩聲，「三十年前我就看過這種書了好不好，什麼鄉愁啦命運啦衝不破的困境啦，我還讀過那時最流行的卡夫卡咧，那些烏漆墨黑的困境都靠這些人來幫你突破嗎？哼，我當上律師後就想通了，這種東西都是印來送給撿破爛的，沒想到你還當成寶……」

一直講一直講一直講。油門快要踩到底，他還沒停下來。

「晚上跟我走，我讓你多看看世面，笨蛋才像你這樣每天繃著臉，我也是當了律師才開竅的，你一直讀死書保證頭殼會壞掉。」

兩個小時後，我跟著他走進一家酒店，包廂裡每個都是教授，黃教授、李教授、劉教授、魏教授……。我隨著他的介紹一個個敬酒，有的是白天在法庭上見過的，有的則只是覺得眼熟，但至少沒一個像教授，倒是很像一場變了調的合議庭在包廂內進行。

這時兩個小公關不請自來，四隻手交叉抖晃著沙鈴，小短褲下光裸著長腿跳到桌上逗著熱舞，脖子上的花圈亮片隨著音聲閃爍，不時嘿的嘿的嗲嗲地齊聲叫著，包廂裡頓時燠熱起來，那些原本正經八百的西裝外套紛紛掛到衣架上了。熱舞的小公關領了賞錢出去後，教授們開始輪流唱歌，柳律師只管猛拍手，拍得自己的臉都紅了，我還不曾看過有人唱得荒腔走板還能贏得喝采，大概就只有這種荒腔走板的地方。

小姐們陸續跟著露臉進來，媽媽桑走在前面帶隊，一雙雙都是不穿絲襪的長腿，全部落座後剛好配成六對，站著的就剩下她一人，拿著無線電哇啦啦和外場通話，講完後一疊聲叫著柳董，帶門出去時順便就把燈轉暗了。

小姐們敬完酒，教授們便不再唱歌了，紛紛看著柳帶頭示範，只見他低著頭摟緊了坐在身邊的裸肩，另一隻手像在摸骨算命，沿著小姐的手肘漫遊到突然吱吱叫的腋窩，眼看就要搗入胸口，教授們總算一個個起鬨了，場面頓時騷鬧起來，然後在一片輕聲細語中慢慢歸於寂靜。

柳這樣帶頭風流是對的，既然要花錢取悅人，先把自己弄得猥褻不堪才卸得下這些人的心防。我不明白的是他何必要和我交心，他可以不讓我看到這些場合，何故還要帶我來？他的腦袋裡究竟想著什麼，我掉進了什麼陷阱，再來又是什麼？種種的疑惑無從解答，偏偏他的酒量又好，讓我又白搭了一整夜，等不到一個醉醺醺的時刻讓我送他回家。

我只能悲哀地想念著我的柳太太。

神來居的同意函如果是通行證，那我算是已經抵達了。可是柳太太，妳總該讓我有機會把話說完。他們要沒收妳的權益，被我擋了下來，畢竟那本買賣契約書裡還寫著妳的名字，就如同妳的名字已經烙印成為我的傷痕。妳可以不稀罕那間房子，我也願意盡我所能趕快在妳面前消失，唯一我想知道的是為什麼妳要匆匆離開？妳可以教教我嗎？讓我知道愛在哪裡出錯了，否則我只會更加惶恐，那種無故消逝的愛使我惶恐，使我今後再也無法相信任何人……。

●

試用期滿，最後一天的上班。

這天和平常一樣，我趁著行車空檔向柳簡報第二天的行程，唯一差別是從咖啡館出來後，我另外交代著法院公文書的進度，以及半個月申請一次的雜項費用也列在表上等著他簽核。

他冷冷看著報表，那小眼睛俐落地眨兩下，瞇起來瞧著我。

「你今天說話怪怪的。」他說。

「對了，還有公寓那女的要我轉告什麼，我突然想不起來。」

「她有沒有哭？」

我點點頭。他說：「那就沒關係，女人哭的時候都講廢話。」

「還有一件事。」

「閃黃燈了，你趕快先衝過去再說。」

我催油衝過斑馬線，後面的車沒有一部跟上來。

「今天剛好三個月，我做到今天。」

「哦，我以為又是什麼大案上門，原來是這樣，難怪一早起來我的膀胱怪怪的，整天一直跑廁所。我聽不懂你在說什麼，是我試用你還是你在試用我，你現在是要裁掉我這個老闆？」

「這段時間我學到不少，但是……」

「如果想要專心準備考試，那我坦白告訴你，現在菜鳥律師太多了，外面最少有幾千個滿街跑，在公園裡曬太陽的恐怕還更多。你就算考上又怎樣，像你這樣悶不吭聲的個性，錄取後開一家事務所讓我看看，保證你每次打開門就要看一整天的報紙，不是故意嚇唬你，你也可以改看雜誌。」

「替有冤屈的人辯護本來就是我的夢想。」

「我也有夢好不好，律師算什麼，我還夢想過當總統，這沒什麼難，當總統說不定比考律師還簡單，你看前兩任哪個不是學法律的，又怎樣，反正上台後喊一喊司法改革，每個就更像總統了。你千萬別信那一套，司法就是權力，有權力的地方怎麼改革？咦，你對我不滿是嗎？剛才說到哪裡，你說這是最後一天？前幾天怎麼不早說，你來應徵的時候就應該告訴我了，說你是來玩的，看幾場電影就要回家。」

「我怕做不好，以後你會失望……」

「我現在就很失望了，還要以後？很多笨蛋都像你這樣，用滿腦子的正義感來批判我，一離開我這把傘才發現外面到處都在下雨。我最後悔的就是找那個女的來當主任，說是什麼獨身主義啦，只想在這裡做到退休啦，哼，結果白忙我一場。現在麻煩更大了，你明明知道我的業務量越來越多，枉費我帶著你到處跑，再來怎麼辦，我能不能要求你把所有看到的祕密全都吐出來？」

「我只要不說，就沒有什麼祕密。」
「喔，為什麼不說，可見你也知道那些都是祕密。」
他看看手錶，瞪著天空，「剛才你的意思是現在就要離職？好險，幸好還剩下半個小時，你就趕快開車吧，不然我會被你丟在路上。」
我以為他要直接回事務所，車子開到一半卻突然要我轉向，我依著指示繞了幾圈後停在一個巷口，他要我直接把車開走。
「我在這裡等你。」我說。
「開什麼玩笑，我還能相信你嗎？」
他推門下車，悻悻然站在一旁。可是等我倒車回來時，他卻又不一樣了，突然開始脫夾克，然後把它疊在又黑又重的公事包上，趁我打開車窗時一起塞進來，「你替我把這些拿回家，就算要離職也還有五、六分鐘。」
啊，他把我傻住了。魔鬼突然變成了上帝，一出手竟然就是這麼美好的意外插曲，我是應該露出狂喜呢，還是堅持著離開的語氣？
這時他攀著車窗把臉探進來，對著我的左耳說：「好啦，我們不用再演戲了，在這世上還有什麼祕密瞞得了我？我會不知道你為什麼來這裡上班嗎？趕快進去看看她吧，說不定她也有很多話想跟你說。你們好好聊，你也順便讓她知道，我可能很晚才會回家。」

●

我愣在車上很久，心裡怦怦跳著，整個臉垂靠著方向盤，仔細回想著從應徵第一天開始的談吐應變，真的想不出哪個環節出了差錯。我自認已經偽裝得夠深了，柳從哪裡發現的，他發現了多久，發現了什麼，柳太太不就會跟著我一起遭殃嗎？

最後我還是發動了車子，難得這個機會終於被我盼到了。

柳太太，請不要誤解，我本來不會這麼唐突，妳看我帶著什麼來了。

這是柳律師的外套和公事包，是他要我帶回來的，否則我不會這麼冒昧來到妳家門口。妳不在家嗎？啊，妳在家。我走進了巷子裡遠遠就看到了，樓上樓下本來都開著大燈，妳聽到門鈴聲才臨時關掉的。而且我聞得出那種味道，防備的味道，妳害怕見到我，或者妳覺得這是齷齪的，妳根本不想接受這麼突兀的重逢。

但我也是一樣非常膽怯的啊，像個孤兒突然找到親人，雖然那麼期盼著這一刻，卻又擔心見了面後什麼話也說不出來。

我已經按了兩次鈴，妳都聽見了。

柳太太，請妳放心，我說完馬上走。

妳知道神來居嗎？啊，妳當然不知道。那是愛與勇氣，柳太太。我和他們簽約時，外面的風好大，而我的手一直在發抖，我害羞的竟然不是錢到底夠不夠，而是當我在買方那一欄寫下妳的名字，那種突然豪邁起來的天真讓我感到非常驕傲和光榮。柳太太，請妳放心，我盡量說快一點，由於我確實已經付不起那些錢，神來居正打算終止買賣合約，而既然當時我擅自用了妳的名字，我覺得有義務讓妳知道這件事，唯有讓妳知道我是那麼軟弱，並且勇敢地承認自己的無知，好像唯有這樣，我們之間才會有個了結，否則每天我只能作著傷心的夢，一直困在那個黑暗中走不出來。

……

屋內還是靜悄悄沒有回應。我鼓起勇氣重按一次，這時突然寂寞得想哭，只好垂下頭看著笨手笨腳的自己。門外的小燈一直沒有打開，而我本來以為黑暗中它將會為我打開，就像風雪中的火車為一個旅人停下來。我一直站在門口等到黑暗更暗，等到鄰人紛紛開窗探出頭來，狗在別人的牆內狂吠著，整條巷子從隱隱的騷動中逐漸陷入了瘋狂。

但我沒有更好的辦法，一個人掉在泥淖裡就是會這麼徬徨，何況我已嘗盡了各種滋味，從分開到絕望到悲傷耗盡是多麼漫長的艱難，總該有人現在為我開燈，或有一支仁慈的秒針為這孤單的時刻稍作停留，停在這悲哀的等待中。

最後一次按鈴後，壁上的黑盒子總算發出了聲音。

「什麼事？」她說。

「哦，柳律師的公事包……」

「放在門口就好。」

「裡面有非常重要的案件資料，我不放心。」

「他自己怎麼不拿回來？」

「柳律師臨時有事要辦，所以……」

她又延遲大約半分鐘，大門才終於啟開。但她雖然開了門，卻扳著門扇躲在後面，光線是那麼暗，只剩樓梯口像搗著嘴巴那樣微亮著一盞光。她雖然藏身在門扇裡，那件短大衣還是露出了惶恐的下襬，她來不及好好穿上，而另一隻手卻又折在胸前護著大衣領口，那畏畏縮縮的模樣好像對抗著一頭侵門踏戶的猛獸。

她這樣的防衛使我非常沮喪，大衣應該是臨時披上的，恐怕裡面那件小外套也是，本來已經換了睡衣躺在床上的吧，樓上的房間是那麼亮，不就是她以前怕黑時燈火全開的習慣嗎？

我想告訴她，柳律師暫時不會回來了。

但她已指著沙發桌，顯然要我擱下東西就走。

「文琦。」我說。

「我就知道……」她叫了起來。

她一吭聲就哽咽了，話沒說完，開始跺著腳，像是阻止我說下去。

我不太明白她的意思。「妳不讓我說幾句話嗎？」

用力搖著頭，接著竟然大聲狂哭起來。

這樣，我當然就知道了，只是沒想到她會這麼驚慌。

一段愛要培養多久，竟然一轉身已經如此陌生。

但這不是她的錯，何況她現在已經擁有自己的家。

即便這裡是柳經常不在的家，我也不應該心存妄想。我沒有妄想。我早就已經不敢妄想了。表面上我是藉著神來居的指令來找她，其實我很想知道她是否過得好？當然不好。她這樣下去是不可能得到幸福的，因為連屋子本身看起來就很不幸福，客廳空蕩蕩，餐桌看不到一只碗，天花板深幽幽連接著後面的黑牆。推算起來，她來到這裡才不過一年多，四周已那麼冷清，說不定她從第一天開始就非常不幸福了。

「柳太太，請妳冷靜，我不會再叫妳的名字。」

啜泣聲還在，我聽得出唯有自己走開，她才會停下來。

「很高興還能見到妳，而且妳放心，剛才我已經辭職了。」

為了不讓她一直躲在門後，我把東西擱上桌馬上退到門檻，沒想到這時她竟然毫不猶豫，一撲身真的就把大門關上了。

哦，我一下子又落在剛才的黑暗裡，這時只好獨自摸黑找鞋。同樣是這雙鞋，那天在事務所裡偷偷看著她時，還能一邊綁著鞋帶，此刻的我卻已看不見自己的鞋了，兩隻腳一時找不到歸宿，一個錯步差點就跌落在門檻下的落差中。

但我沒有怨言。我突然出現在她面前就是不對的，我想，憑她已是柳太太的身分，倘若我還對她殘存著可笑的愛意，那應該就是有罪的。有罪的。有罪的。有罪的。我踉蹌著逃出那條巷子，來不及綁上鞋帶，拖著凌亂的腳步來到了路燈下的弄口，這裡總算明亮多了，有個攤販掀開了鍋子正在煎餅，狗吠聲不再傳來，那間驚恐萬分的房子總算已經隱沒在黑暗中。

第三章

從柳家回來後，那天晚上，所有的力氣彷彿已從我的體內抽離，躺在暗室中只聽見蚊子漫天飛舞，一隻隻叮在額頭和耳旁，想拿手拍牠卻找不到手，想轉身避開才發覺自己好像漂浮在空中。

渾渾噩噩延續幾天後，我還不敢相信發生了什麼，纏亂的線頭到底藏在哪裡，柳和柳太太不就是夫妻嗎？一個藉著公事包讓我登堂入室，一個卻又躲在門後啜泣著趕我出門。如果這不是意外，顯然就是他們對我有所隱瞞，彼此之間卻又沒有協調好，前後步驟都亂掉了。如果我不儘早離開，再來會是什麼？原本只想見她一面，如今卻像掉進了深淵。

晚睡的關係，每天醒來後總是睜不開眼，窗外不遠處偶爾飄忽著淒淒的叫聲，原來晚秋還有那麼多蟬，聽起來不是尖銳的一連聲，而是像悲哀的心情那樣的模糊一片，愈聽愈使我不安。這一天，我隨著那淒切的聲音勉強瞇開眼，才發覺外面已經曬滿了陽光，市場口喊菜的聲音已漸散去了，這時卻有人大聲拍打著公寓樓上的門板。

仔細一聽，拍的是我的門板。

我只好讓對方一直拍。房租還沒到期，屋子裡也沒有漏水，該繳的水電繳費都自動轉帳了，門外拍得愈響，徒增我的厭惡罷了。然而對方卻開始喊著我的名字，拍一下喊兩聲，那聲音愈喊愈急，不就是在事務所裡兼職的老穆嗎？

開門後，我急著在他背後套上長褲，他趁機打量著房間四周，桌前只有一把椅子讓他坐，但他選擇坐在床角，「我就不信你一辭職就馬上搬走，能搬去哪裡，面積就只有這麼幾吋大，放在任何地方不都是一樣嗎？」

我猜不出他的來意，只能聽他繼續評論著這個房間，「這地點是不錯，可惜那些肉攤子的異味全都飄進來了。我來建議一下，柳律師應該會同意的，過幾天他的基金會就要開幕，裡面還空著一間客房，本來留著給外賓用的，你不如就去那邊住，何況旁邊還有空地可以停車，以後就不用每天騎摩托車去換那一台豐田開出來。」

「你也知道我已經辭職了，怎麼會再回頭。」

「你總不可能忘掉文琦吧，當初不就是這樣想的嗎？」

我已經穿好了衣服，這一瞬間像是被他剝光了。我轉頭看著他，亮晃晃的窗光映著他滿臉的皺紋，兩眼毫不迴避地看著我，與其說那是對我挑釁的眼光，不如說是用一股熱誠在試探著我，因為至少他把知道的說出來了。

老穆的職務是稽查，幫忙統整每個委託案，聽說事務所開張不久就來了，每週只來兩次，有空也順便替柳看看帳。兩個人雖然都是小小的眼睛，他卻是因為眼皮太重才變小，像那兩道垂眉一樣心事重重地塌陷下來。

前後這兩人，冷不防使我如此不堪，文琦竟然已不再是我的祕密了。

「你先回來上班，不要那麼灰心，慢慢會讓你知道的。」

「讓我知道什麼，你們到底是怎麼了？」

「柳律師想要幫你，你可能還看不出來。」

「我聽不懂。」

他嘆了一口氣說：「何止是你，有些事我也看不懂。不過他現在是真的缺人手，何必給他難堪，至少做到明年吧，到時候他也應該要收山了，外面的名聲那麼壞，何苦呢？」

「再找一個新主任不就好，反正都一樣。」

「不一樣，你應該為文琦留下來。」

我打電話到事務所，經過一團亂的轉接後，聽到的答案都是柳開庭去了，另外一個助理直喊著：「主任，你還是回來上班啦，這幾天所長動不動就發脾氣，我們都被他罵慘了。」

使我考慮想要回頭的，當然就是話中有話的老穆。如果前面的追尋是盲目的，再來更是要睜亮眼睛了，柳願意幫我，這個荒謬性就值得我留下來，就好像期待著一個山寨主釋放他的禁臠給我，光是這樣的不可思議，我能掩耳不聽反而放棄真相的追尋嗎？

我掛掉電話趕到法院時，發覺氣氛不太對，法警室裡竟然鬧空城。我直接跑到樓舍後方的中庭，才發現草坪上到處擠滿人，原來那些法警都跑進來防範事端，一個個哨子吹得嗶嗶響，樹上常有的蟬聲都噤住了。

打聽之下，才知道那一件駭人聽聞的分屍命案，今天要開審判庭。

凶嫌二十六歲，死者是他的同居女友，三個月前被他剁成十四塊，趁夜丟在一座遊樂場的後山，屍體放火燒毀後只剩一個頭顱滾落山坡。

媒體曾經喧騰過這樁命案，還出動SNG車直擊命案現場，檢察官起訴時則又掀起一波媒體高潮，話題聚焦在凶嫌的富家背景，連他一妻二妾做拆船業起家的祖父輩都沒放過。每一次的偵訊就像中元普渡，庭外到處擠滿了憤怒的群眾，一台台攝影機架高在那些混亂的人頭上還是被擠掉了。

被告的委任律師不是別人，就是柳。

案子還是三個月前我幫忙整理過的，我看過死者那些檔案照片，包括完整的和破碎的；完整的是她生前的美貌和微笑，留著一頭長髮，酒渦在她臉上盪漾著，命案發生前，她把長髮攏在右肩，死後當然這些都不見了。

這個委任案曾在律師界滾了好幾圈，每家都嫌燙手，打聽到柳家時，年輕律師們紛紛閃躲，連拒絕都懶得說。柳一開始雖然也有幾分猶豫，但經過凶嫌的父親和他關室深談後，情勢沒幾下就逆轉了，可見私底下的酬金相當驚人，他不僅爽快答應，還接受了當天晚報記者的採訪。

旁聽席已經滿到必須動用警棍橫插在門板上，外面擠不進去的還在走廊下走動著。熟識的法警假藉我身上帶著案證非進去不可，小心翼翼拉出了門縫才把我推擠進去。庭訊早就開始了，旁聽席竟然開放了所有的站位，我不斷踮起腳尖尋找著空隙，好不容易終於稍稍瞥見到柳的背影。

三個法官組成的合議庭，我見過其中的受命法官，另一個陪席法官則已體態蒼老，幸好審判長是個女性，多少對這種凶殘個案具備著身為女性特有的憤怒與哀矜。而我從人縫中瞄到的柳，他正在別人的慷慨陳詞中低頭聆聽，這個時刻他當然處於劣勢，但也難說他又在運轉著什麼鬼腦筋，只見他雖然豎起耳朵聽著，兩隻手卻沒閒著，抓著一張紙振筆直書，寫完了翻到背面，想必那些字跡非常凌亂，生怕一慢下來就讓那些精靈跑掉了。

我雖然不是專程來聆訊，卻也很想看看他是否敗下陣來，即使他的算盤打得再精，面對深植人心的法律正義，任何頑抗者的纏鬥應該都是徒勞。

何況整個社會都在注目，殺人就該伏法，這才是法的最終意義。

這時，審判長叫到柳了，一陣咕噥聲響起，庭內氣氛頓時肅殺起來。

柳緩緩起身，面帶著幾分悽色，轉頭先把手銬上的當事人痛罵一番，然後對著庭上的白牆開始傾訴著這段期間以來他的痛心。他說自從接下這個案子第一天開始，沒有一個晚上睡得好，助眠用的司帝諾斯一次吞兩顆，半夜還爬起來抱著六法全書痛哭。

旁聽席一片譁然。

法官制止那些噪音後，柳沮喪地說：「法律解決不了這些悲劇啊。」

突然那麼感性的柳，使我不禁想起放在車上被他嘲笑的那本書。你還看這種鬼東西啊，你們就是那麼感性……。那時他是這麼說的。因此，我不得不懷疑此刻他就要開始說謊了。沒錯，他把自己的痛心說完後，話鋒一轉，果然那所謂感性的鬼東西出現了，他以深沉的嗓音談起了凶嫌的母親……

「我見過她不下十次，每次她都聲淚俱下，一直責怪自己沒有好好陪伴孩子度過童年，才使他在得不到溫暖的家庭中養成乖僻的性格。庭上，我手上這一疊信件就是被告最近在看守所寫給母親的，字裡行間全都是他的悔意，可見犯案當時他雖然泯滅人性，恐怕也是因為感情生變才鑄成了這種大錯，既然犯後已有那麼深痛的悔意，本席認為並非沒有再予教化的可能……。」

台下的親友團嗯嗯嗯附和著，擠在角落裡的是死者家屬們的哭聲。

柳律師見勢不對，突然大聲喊道：「當然，殺人就是有罪的。」

他隨著那正義凜然的尾音，語調突又急轉而下，乍聽像是準備進行哀悼，兩眼甚至稍稍瞇了起來。然而就在這個瞬間，他幾乎同時瞥見到我了，那熟悉的眼尾因而突然對著我抖跳了兩下，隨後當然還是照著他的意思瞇上了。

「但是，我要說的是，法律並不是用來陪葬的，除了對人施加嚴刑峻罰，總有考量到人性中那種自我譴責的機制，這才是最完美的法律真義。把一個人判死何其簡單，只要跟著社會輿論一起同聲撻伐就好了，但這是法律的恩典嗎？完全去除掉教化人心的功能是法律的目的嗎？大家不妨聽聽那些主張廢除死刑的聲音，他們訴諸生命的堅持是多麼謙卑，我們在這裡更不應該走往相反的方向，何況剛才我也說過了，法律還沒斷送這個人的生命之前，他其實每天每夜已經獨自承受著良心的懲罰，這從他每天寫給母親那麼多的信件中……」

這個催眠大師慢慢睜開他悲憫的眼睛時，法官席已陸續有人收攏著案卷，看來是準備宣布擇期開庭了，眼尖的旁聽者紛紛起身往外走，沒有人看柳一眼，倒有幾個忿忿不平的民眾指著被告無聲地唾罵著，另有一些嘆息聲則持續隱忍在角落裡，頗像電影終了時那些寂寞的配樂還在迴旋，而這時候的庭訊剛好也來到了尾聲……。

從旁聽席退出去的人群並沒有走散，他們進入另一波的追逐，尤其當鎂光燈投照在法院借提的人犯臉上時，囚車四周紛紛散落著丟到空中的石塊和飲料罐。

由於混亂的情勢非我所料，我轉身打算先從側門離開，等過幾天風平浪靜時再到事務所找柳深談。卻沒想到在這一陣推擠中他竟突然來到了我面前，公事包硬塞給我，兩手匆匆拉下脫到一半的黑袍，然後衝著我交代說：「你先把這些拿回事務所，我現在還不能出去，那些人都瘋了。」

●

說要離職的我，就這樣走在前往事務所的路上。

這個時刻我本來應該窩在床上，或者從那天回來後就已經漏夜逃離這個城市，去到一個我從未去過的地方擺攤賣麵，看看命運能對我怎樣或不怎麼樣地度過今後的殘生。我知道光是賣一碗麵的營生根本沒有未來，然而此刻的我又有什麼未來，只像是被懸吊在半空中任人捉弄的吧，柳太太趕我出去，她的丈夫派人把我叫回來？

我像個傻子般回來了。

聽完了柳的辯護，我總算見識到他那鬼裡鬼氣的辯才，他和委任方拍板定案的密約，想必就是這麼簡單——先誠懇認罪，鎖定免死判決，然後再策劃下一個暗盤。表面看似還沒贏，但憑這一掛人相互交叉的權脈和伎倆，難說以後不會進行更完美的操作，最終目的就是關幾年後假釋出獄，幾乎就像這一生中從來沒有殺過人。

柳的思維是如此細膩縝密，還有什麼是他做不到的。可是他既然有辦法搶救槍口下的惡人，何故忍心把一個剛進門的女人冷落在屋簷下，這算什麼道理？我千辛萬苦要不回來的，他隨便一腳就踩過去了。

我提著這個勝利者的公事包，荒謬地走在離職後的路上，腦海中不時跳出他的形貌，他的毛髮已漸花白，留著鼻下削薄的短髭，只有那兩隻小眼還有他法律人的精明。除此之外他還有什麼？倘若文琦僅憑外貌挑人委身，也不該是眼前這樣的人，他這德性其實是非常不配的，難道她只是為了趕快離開我只好如此委屈了自己嗎？硬要說他有什麼迷人之處，大概就只剩下藏在肺腑深處那虛假的情感吧，那裡像個充滿磁性的音箱，憑著兩排肋骨調節他的呼喚或呢喃，只要輕輕啟動就能譜出剛才那種胡說八道的樂章。

剛才的辯護就像一場精采的演說，那種抑揚頓挫的聲控效果，應該就是啟動那個韻律箱的結果，有點蒼涼卻不老氣，調子雖然是憂愁的，節拍卻又那麼剛剛好的輕重自然，有時激越，有時突然低緩下來，結語處甚且讓那尾音輕輕飄逸而去，宛如淙淙大水經過岩塊攔阻後才慢慢流入潭中。

相對來看，柳太太面前的我，顯然還是最笨拙的吧。

且就不說我是如何的笨拙了，我避開人群後多繞了一圈回來時，柳竟然已經坐在他的房間裡批著公文，他從那堆卷宗裡抬起頭，吸著鼻子瞧我一眼，嘴上那短髭像是對我嘲笑著翹起尾來。

他說很高興看到我又回來了，從來沒有任何人讓他如此牽掛，「你這樣跟著我就對了，在我這裡學到的都是經驗，看到的就是世面，至於其他真本事都在我的腦袋裡，你不跟著我慢慢學，難道要等我寫信教你嗎？」

他在簽呈中又批了一個可。「外面的事務所為什麼都在苦撐，連一個助手都快要請不起，就是因為官司老是打不贏，沒幾下當然就把客戶嚇跑了。你有沒有去過國外賭場，看看那些菜鳥觀光客，上了桌就蒙著眼睛下注，每手牌都亂跟，錢多嘛，當然就沒有腦袋了。你決定留下來，這就是賭對了盤，證明你沒有走錯路，何況我也不想放棄你。」

他繼續翻著那些卷宗，每個呈案都批可，庶務經費的請購都是錢，在他看來卻像是填著一張張的餐廳問卷，一路可到底，可完後又看看我，「你怎麼不說話，是不是被我剛才的辯護嚇到了？告訴你吧，那實在沒什麼大學問，一個人想要活下去，不僅要扭轉自己的命運，有時也得想辦法去扭轉別人的命運，這才像個做大事的人。我小學畢業後不想繼續念書，有一天說要去當農夫，其實也不過是嘴巴說說而已，沒想到從那天開始，我養父就不再叫我的名字。三個小孩裡面他偏偏就是不看我，全家人吃飯時你猜我在哪裡？把我罰跪在灶台下，餓到內臟全部絞在一起。幸好他那麼狠，讓我真正嘗到被人漠視的滋味，他死的時候我哭得最傷心，沒有人發現那些都是假淚，我大聲哭完後，世界就變大了。」

「為什麼後來沒有去當農夫？」

他瞪我一眼，「你如果有能力買米，為什麼還要去插秧？」

說著說著還是那些成長往事，說他成為孤兒後就知道活著必須善用腦筋，肚子餓的時候他會去別墅區找個有錢人家敲門，問他們有沒有餿掉的剩菜讓他帶回去分給弟妹吃。「運氣好的時候，你猜怎樣？對方感動得要命，不僅讓我坐上餐桌大吃一頓，全家人還一個個替我夾菜，吃飽後除了吃水果，還問我要不要喝一杯牛奶。」

還沒說完，「但是，你別以為光這樣就能混下去，吃那種飯要記得含住淚水，屈辱換來的食物都是五味雜陳的，你吃飽後第二天如果不爭氣，還想再去敲同一家，那就是笨蛋了，不如餓著肚子直接去撞死。」

「我懂了。」

請你不要再說了……。

「我話不多，你記住重點就好，反正就是不能死腦筋。」

「所長的腦筋那麼好，是幾歲就考上了律師？」

「笨蛋，律師哪要考，我是從法官轉職過來的。哼，你要知道，當法官只是好看啦，當檢察官嘛說好聽是文武雙全，其實不就是黑白兩道嗎？像我這種令人討厭的出身，當法官就比較麻煩，認真做事反而不准出錯，真心話也不能想說就說，因為司法體系裡的昏官太多，他們最討厭聽到的就是真心話，何況我又是這麼卑微的人。我後來轉行當律師就沒有這些困擾了，畢竟律師就是做生意嘛，這世界不管好人壞人哪個不需要律師這種人，反正律師就是要幫人做一些狗屁倒灶的事。你媽媽教過你搓湯圓嗎？就是把那些人那些事盡量搓到圓，手藝好的話，官司哪有打不贏的道理？」

「萬一搓失敗怎麼辦？」

「誰叫你搓失敗，你發現手感不對就要趕快插進口袋裡。」

他把一大疊批可的卷宗推給我，看樣子又要出門。

「你出去看看我太太有沒有進來？」

「沒有，我看過了，會客室裡現在有其他客人。」

「那就好，以前她會來亂，檢查我的辯護案，接什麼案都有意見。」

我看著他後面的窗外搖曳著那兩盆棕櫚葉的亂影。

「那天你替我拿公事包回去，她跟你說了些什麼？」

「她問我做得習不習慣，柳律師對我好不好？我說一切都很好。」

「嗯，只有她不好。我好像帶她進來哭，以前只是小助理，沒想到進門後以為比我還懂法律，這個不准接，那個不能拿錢，你說我會不會煩死。」

「柳太太年紀輕，當然還有滿腔熱血。」

「那她應該去嫁給軍人。」

「柳太太……很漂亮。」

「宴會用的。」

說到這裡，他頓了一下，黠黠地笑著，似乎頗得意自己的妙答。若我沒猜錯，他這語調很像又要開始耍嘴皮了。但他先喝一口茶，香煙也點上了，吐了煙圈後還真像個精明的賭徒，小小的眼睛瞇在那莫測高深的笑意裡。

「對了，老穆跟我建議，我想也對，你就去住基金會那個房間，反正每天晚上你既然無聊得要命，那就幫我想一想錢要怎麼花，錢太集中還真麻煩，難怪這社會還有那麼多的窮人。你別用那副死樣子看我，不要連你也把我看扁了，外面把我說得一文不值，我也認為他們每個都是狗屎。」

「老穆告訴我，說你明年就應該收山了……。」

「收山，收什麼山？他這個人忠厚老實，缺點是思考沒創意，只要看到毛毛雨就開始擔心晚上會淹水。明年我倒是計畫是不是要多關心海洋，號召個三五千人來舉辦淨灘活動，從蘇澳一路撿垃圾撿到台東，那些垃圾只要清理乾淨，最起碼救了半個台灣。我想做的事情太多了，你的事還算是最小的，反正你跟著我就沒錯，什麼稀奇古怪的事我都會教你，連柳太太我也總有一天會還給你。」

「這種事……怎麼還？」

「這有什麼，我留著也沒用，公寓那個就很讓我吃不消了。」

你可以說得更明白嗎？我在心裡吶喊著。

●

柳的基金會真的成立了，隨著一場慈善活動正式開鑼，找來了各地的孤兒貧童，兩百多個孩子擠在社區公園的園遊會裡，每個穿著大量訂製的男女款童裝，蹦蹦跳跳地穿梭在那些充滿歡樂的愛心攤位上。

媒體都來了，螢幕上柳是熱心公益的大律師兼董事長，戴著聖誕老人帽，站在飄著氣球的熱食攤上製作著豬血糕。鏡頭讓他足足說了兩分鐘，太過興奮的緣故，手上那串豬血棒滾滿了花生粉還是紛紛飄下來。

活動過後第三天，我被他叫去會所裡參觀，員工只有一男兩女，他自己有個辦公室對著小院子，桌上看起來還沒動過，而他正在試著每一只抽屜的新鑰匙。他要我自己去參觀那間客房，衛浴齊全，還有個陽台看得見遠山，床也鋪好了，兩邊擺著古典雅致的小檯燈，最裡面竟然還有更衣室，也有個小冰箱立在茶水櫃下方。若說人間富豪住大宅，這個房間可說是原汁原味原版的呈現，地上鋪著全新的厚質木地板，摸它幾百下也撈不到一粒塵埃。
「你考上律師還不見得可以住到這種地方。」我看完出來後，他說。
「這太奢侈了，我還是住回去原來的比較習慣。」
「那當然可以，但你要知道，小姐們都說你身上有一股雞屎味。」
嗯，我也覺得房間空著未免可惜了。剛才我應該在床上試躺看看，肯定那種彈簧床會發出助眠的靜電，把人的憂愁和快樂重新分解，一覺醒來後就可以忘掉所有的煩憂。最好姓柳的這對夫妻也讓我一起忘掉吧。這麼柔軟的床沒有暗藏著什麼陷阱嗎？他愈慷慨就愈讓我憂心，哪有可能白白讓我這種人躺在這麼好睡的地方。
我忍不住問他，「基金會的錢都是募款來的嗎？」
「募款？那要募多久？當然是開口要就有，以前我幫過誰，誰都賴不了。難道你以為當律師都是要做白工？法律不外人情，你說這社會拿掉人情後還像什麼？我弄個基金會就是要讓外面那些人瞧瞧，錢這種東西有來就有去，人家願意信任我，我就把這種錢花在刀口上，可沒有一塊錢放進我自己的口袋裡。」
為了證明他如何把錢送出去，突然招著我的耳朵嘰哩呱啦說了一堆學問，他的悄悄話根本不像耳語，我只覺得耳裡熱烘烘，說不定連外面那一男兩女都聽到了。他這六旬傢伙為什麼對我如此信任，神經病也不會這樣，連如何送錢的祕密都被他說得一點都不像祕密。

果然沒錯，第二天開始，我多出來的任務就是替他送錢。

端午節，中秋節，甚至不必等到過什麼節，只要他覺得禮物該到了，就會拿個牛皮紙袋把錢裝好，然後吩咐我在路上買一盒茶葉或水果作掩飾，吃的禮品可以在開門時親手奉上，不能吃的則要等待時機成熟才拿出來。

「你總不會直接拿給傭人吧，開門後眼睛要亮，這種事有時候是連對方老婆都不能知道的，當然要見到本人才算，見勢不對就不要冒險。」

那包東西如果太厚，我就把它藏在禮盒下面。如果大小適中，則直接藏在夾克內袋裡，鼓鼓的像突然罹患一個大瘤要去求診。七歲時我就有過送錢的經驗，那時病危的父親躺在醫院裡動手術，母親卻還在別人家裡幫傭，她把緊急借來的三百元塞緊了我的口袋，怕我途中有所閃失，就用針線縫死了口袋上緣。我一路快跑越過了八台牛車，一隻手不忘摀在袋口上，到了鎮上的醫院時，急診室的護士拿著剪刀勾了很久才把那三百元撈出來。

如今要送的既然都是髒錢，那就不能跑，連走巷子都得一聲不響。

幸好我所拜訪的公務家庭都有個好習慣，經驗告訴他們收到禮物不能隨意轉送，都知道十之二三會有意外的驚喜藏匿在那個魔鬼禮盒裡。反而要我從口袋裡掏出東西比較麻煩，對方會緊盯著我的小動作，他們聯想到的難免就是相機啦搜索票啦或錄音機那些之類的種種猜疑。見面時他們會暫時忍受著客套的推卻或閃躲，除非我趕快報上柳的名字，那張充滿疑懼的臉孔才會苦盡甘來，然後如同老鷹撲小雞那樣把我那包錢擄到背後占為己有。

巧的是送禮回來第二天，幾乎就是某某案的被告神奇地出現在螢幕上，那人剛從漫長遙遠的羈押中被釋放出來，一家大小紛紛上前擁抱，他滿臉疲憊混合著遲來的欣慰，鎂光燈照在頻頻呼喊著法律正義的嘴臉上，偶爾也會匆匆掃過柳那一頭稀疏的白髮。

每當又要走進某戶人家，我會在車子裡閉目幾分鐘，想像自己要如何騙過附近某處正在盯梢的人影……。只有這個時刻我會認真思考愛的價值。愛除了使我愚蠢，還有什麼價值。我最擔心的倒不是失手被捕，而是當我繫獄之後，柳太太對我的愚蠢是否仍然一無所知？啊，我只想知道她為什麼要離開我罷了。一個男人再軟弱也想要知道自己有多軟弱，愛得不深而被迫分開當然是罪有應得；但如果是愛得太深呢，愛得太深最難療傷，因為那種痛遍及全身，從內心蔓延出來再擴散到毛細孔，使一切的觸摸充滿著傷心之痛，連拿著原子筆寫字也會顫抖。

我想，如果真有那麼倒楣的一天，對我來說應該不是壞事，那時候柳太太會來看我吧，她將會攀著鐵窗哭得淚潸潸，「好傻呀，為什麼一定要知道答案呢？有答案的話我們就能變好嗎？」

可是，柳會是怎麼說的呢？妳看這傻小子，我說要把妳還給他，還真的相信了，頭殼壞成這樣……。

啊，那一刻的柳太太是不是會更明白，原來愛是那麼不簡單。

●

這戶人家我不曾來過，看起來很窮，屋頂上殘留著颱風掀翻過的遺跡，還沒換新的破瓦底下墊著一塊防水布，風吹來時那塊布啪啦啪啦響。

我對這種外表老陋的木頭房特別膽怯，因為很難掌握裡面的主人是何等性情，至少迎門出來的不會是個說話爽朗的胖子，對方很有可能非常瘦癯且又謹慎精明，一看就知道全家人和他過著清苦的日子。

藏在夾克裡的錢便顯得像砲彈般沉重了，我猶疑半晌後還是決定先按鈴。門鈴也是老舊的，像一粒褐色的乳頭且還有點斑駁，鈴聲更像個破嗓子，嘶了半響後馬上就嗆到走音。我喜歡的是那種新翻的洋房，門色漆著亮麗的喜氣，屋子內外燈火通明，一進去就能感受到三代同堂的歡欣，主人就算對我有些陌生也會主動寒暄幾句，他光明磊落的聲調較容易使我們相信錢都是乾淨的，好比只是剛從有機農場摘來了幾把青菜蘿蔔要送給他。

然而這時出來應門的卻是個理平頭的青年，長得和門聯上的橫批一般高，看起來是當兵剛退伍，眼神炯炯地像要對著我射出飛鏢。我有點後悔忘了在路上買一盒水果當掩飾，突然這麼一照面難怪顯得很刺眼，他臉上那股冷峻不知道是誰教的，一見到陌生人就看成了仇家，何止如此，手無寸鐵的我就只有鼓鼓的胸口上這包錢，果然很快就被他盯住了。

「我想要拜訪張先生，請問你是他的……」

「他今天加班會晚一點，你有什麼事要找他？」

「沒關係，我可以出去外面等。」

他無意請我進屋，且竟然跟在我背後說：「我們不拿這種錢。」

我坐進車子後，那黑鐵門砰一聲關上的回音還在狗吠中震盪著。

難怪他老爸還要加班苦苦養他。奉公守法的家庭難免就會生出他這種死傲氣，一看到我就含血噴人，可見這種事他應該是看多了，才會對著剛上門的客人這般無禮。當然他那額頭上滿滿的青春痘想必也使他相當苦惱，不然自家鐵門摔那麼大聲是何苦來哉。

那接下來怎麼辦？就算等到他老爸回來，這種初生之犢說不定還會緊跟在旁虎視眈眈，到時能不能當面掏出錢來就更難說了。如果老張的個性真的就像那些破屋瓦那般簡樸，那不就更尷尬了，我豈不是就像江洋大盜突然闖進他家，馬上掉頭走就很奇怪，賴著不走卻又不能表態，說是來搶劫的吧，當然更是走錯了窮地方。

若以柳的經驗來判斷，這時候我是應該溜了。

但我還是困在車子裡懊惱著，柳雖然對我信任，卻不說清楚每一筆錢的用途，每次給我的都只是地址，平常他那麼喜歡灌輸柳氏理論，那就應該先讓我知道哪筆錢好送，哪筆錢會汙辱到對方。說穿了他不僅把我當成行賄的替身，還利用我來替他探路，就像此刻突然探到這種滿臉青春痘的，這小混蛋儘管仗著他家不食人間煙火，可是難道我就比較下流嗎？

我在車子裡一直猶豫又沮喪，日式房舍這時一家家陸續點燈了，較遠處一棟高聳的建築物突然也跟著亮起了白光。我愈看愈覺得眼熟，仔細一想，那不就是我曾經擁有的神來居？剛才左彎右拐才找到這個小巷弄，原來竟然就躲在神來居的後下方。

神來居終於落成了。那一柱白光是那麼刺眼，殘酷得不留餘地。

我開車繞過去看，才發現它其實還有一段距離，恍如一輪追不上的月亮，過了兩個路口還在天邊睥睨著我。我總算開到那個街廓時，一群人站在樓下仰望著，原來是幾個燈光師正在測試著外牆的燈光，周遭雖然還很凌亂，整棟建築形體卻已隨著白光插入天際。頂樓上這時也有幾個人影靠在女兒牆下揮舞著螢光棒，西邊的天空已經滿布著晚霞了，等我發現那螢光棒逐漸停止揮舞時，那些紫藍色的霞光也慢慢消失在更遠的山頭。

我和文琦的最後一日，就是那樣的晚霞。

直到現在，我還是忘不掉她蹲在門口痛哭的那個黃昏。為什麼會是那個黃昏。她原本可以進了門再談，傷心事不就是要慢慢說才會傷心嗎？只有說不出來才需要嚎啕大哭的吧？那天她的情緒雖然屬於後者，但她應該給我慢慢談的機會才對，至少讓一個被迫分開的人還有機會不被迫分開。但她不這麼做，她開始收拾細軟，而我只能微笑著掩飾內心的錯愕以致沒有任何阻擋。那天晚上我們甚至還坐下來簡單吃了飯，然後她洗了最後一個碗，這時計程車便已經來到門外了，我靜靜看著她離開，整個晚上一直沒有關門。

我看完那棟神來居後，又把車開回到巷子裡。張先生應該回來了，前院的小燈已經亮著，裡面的小客廳隱約透露著正在用餐的鵝黃光。張先生吃飯時大概不喜歡說話，他這種人甚至抬著手肘以碗就口，連喝湯都非常沉默。但小張說不定還是很想開口，他如果突然幫老爸夾菜大概就為了多說幾句話，爸爸爸爸爸爸，外面又有個王八蛋送錢來了，人還在車上……。

他其實很像多年前的我，看到有人插隊會直接把對方揪出來罵，路見不平也會勇於仗義執言，只是若要談到人的修養當然他還早得很，我就不至於像他那麼冷酷地羞辱著對方。還是老張比較沉穩，連外面的屋瓦在他回來後也安靜多了，他嘴裡嚼著菜的節奏應該還是照常，而且大約吃過半碗飯才會喝兩口湯。我只擔心小張這混蛋還不想罷休，可能又朝著外面的我瞄著車身吧？「爸，我看還是報警好了。」幸好張媽媽這時從廚房走過來了，她端來一盤水果，然後坐下來打電話。真可憐——大概是這麼說的：你三姨丈不是剛出院嗎？怎麼現在又進去了……。

我觀察了半晌後，決定還是不進去打擾他們了。

但這些錢還要拿回去交給柳嗎？錢是柳的，柳的不就是別人的，來路不明的錢其實最好用，我何苦還要一直藏在口袋裡。少說它也有五十萬，為什麼我從沒想過先拿去神來居應應急？小小的一次失足難道會很痛嗎？真的很痛很痛時說不定就會慢慢不痛了。

但我還是覺得那小混蛋把我傷得太重，我癱在車子裡竟然睡著了。

●

分屍案宣判了。把少女剁成十四塊的凶手，果然判不到死刑。

比死刑再多兩個字，無期徒刑。

法官宣判下來時，柳沒有多餘的表情，照理說他應該滿懷勝利的喜悅，卻冷靜得異常，因為法庭內外再度引起騷動了，每個聆判者像被炸到鞭炮，有的在原地跳腳，有的跑開後追著電視轉播車，柳則和前幾次的退庭一樣，緊跟在法警後面悄悄溜掉了。

報紙又是連篇議論，讀者投書占了滿版，司法記者更一大早守在事務所開門的瞬間闖進來。柳一律不見客，手機也不接，我硬著頭皮替他解圍，說柳律師開庭去了，或說他趕去參加一個重要的會……。

我自己則接到幾通友人來電，恭賀又揶揄，沒說幾句冷冷掛斷了。

連續幾天，我避著他不談公事，他也沒主動炫耀自己的戰果，氣氛僵到有一次在法院相遇時，我看著他，他看著我，像兩個陌生人錯肩而過。

直到幾天後的上午，他看完報紙，忍不住說起話來。

這天的報紙有個新聞頭條，一個逃亡六年的殺人魔意外落網，凶嫌逃亡期間一直躲在深山老廟裡，刑事大隊掌握線報後埋伏跟監了四天，總算等到昨天破曉時分，凶嫌剛好起了大早，正在吃著最後的早餐……。

我和他發生爭執，就為了這件事。
因為他說了這樣的話，「如果我來辯護，這傢伙也不會死。」
「這種案子再玩下去，我馬上走。」
「小老弟，你這麼不長進是已經多久了？」
「不然你教我，那些喪命者的尊嚴在哪裡？」
「沒有死才有尊嚴。」
「難道他家也很有錢嗎？」
「喔，原來你說的是這個，沒錢我也要接，我才不想用死刑來解決法律。你知道那些喊廢死的團體爽死了多少法官和檢察官？現在整個司法圈正在流行不判死，既然不判死，偷雞摸狗的理由就變多了，你沒發現最近有些罪該萬死的反而判得莫名其妙的輕？就是不判死的空間太吸引人，難怪大家上下其手一起混日子。我就跟他們不一樣，才不那麼高調談廢死，我只談實力，看情況幫那些人死裡逃生。」
他說完冷哼一聲，意外地沒再說下去。
我以為他聽了我的語氣可能心裡不舒服，話題應該已經結束了。沒想到後來他去撒了一泡尿回來，卻又當成沒事般從頭說起，這一次他把整個臉往後仰，雙手垂放在扶手下，兩條腿往外撐開像癱了那般。

「這個殺人魔讓我想到有一次，我和我太太也正在吃早餐。她堅持泡麥片一定要蓋碗，我說人家這種知名大品牌已經處理好了，不然怎麼會強調它是即溶麥片。但她還是堅持要蓋碗，六月那麼熱，我趕著去法院上班還能等它慢慢變涼嗎？當然一口不吃就臭著臉出門了。結果我下班回去時，她還躺在水槽邊，那碗麥片吃剩一半爬滿了螞蟻。我把她送到加護病房，拖了兩個月還是走了，那是我和她最後一次吃早餐。」

當然是令人感傷，但也不用把兩件事兜在一起，這早餐和那早餐？

「到現在我每天早上還是泡麥片，每次都用她留下來的蓋子，把麥片燜到爛才吃，根本用不到牙齒，有時一口吞太快還會噎到喉嚨，嗆得眼淚拚命掉下來。」

「你是說以前的柳太太？」

「不然還有誰，難道你問的是現在這個？噢，她是什麼世代的，才幾歲，我能叫她吃什麼？她當然吃那種烤過的土司麵包，每次烤到黃焦焦，故意咬得脆脆的，那聲音聽起來多挑釁，不知道的人還以為我把她怎樣了。她也只有在我面前才敢這樣，鬧情緒的吧？大概每晚都睡不好。」

「柳太太……」

「這不是重點，我說的是我老婆的蓋子。」

「蓋子有什麼特殊重點？」

「你讓那傢伙槍斃後，他以後連泡麥片的機會都沒有了。」

「不一樣，那是法律的死。」

「死都是一樣的。」他說。

他的語調突然轉沉，房間裡的光影頓時黯淡了。我趕緊看了看手錶，沒忘下班後還要趕去一個老社區送禮。但這段空檔有點麻煩，我是應該提早出門呢，還是窮追不捨那一碗麥片來繼續感傷？到底是麥片重要還是蓋子重要，或者兩者都很重要？我被他弄迷糊了。蓋子不重要吧，非麥片不可的人不見得非蓋子不可。可是他所回憶的卻又只是一個蓋子，老婆泡麥片的蓋子和殺人魔究竟何干，說穿了是在強調生命的重要嗎？死到臨頭的人當然會留戀生命，但是那些突然被殺害的生命可是連一點留戀的機會都沒有。

在他眼中，最不重要的或許就是現在的柳太太，還有她的烤麵包。

在這還沒開燈的午後的房間，我彷彿聽見她寂寞地咬了一口的聲音。

時間快到了，我走出房間時，他問我要送的東西帶齊了沒有？

我指著口袋告訴他，這是最好的蓋子，所有的祕密我會把它蓋好。

●

落網的殺人魔剛上報，還沒傳出誰來辯護，柳的手機就被灌爆了。

他氣急敗壞地拿給我看，我謹慎地慢慢往下滑，小小的臉書螢幕赫然都是這樣的文字：魔鬼、雜碎、病態、違心之論、賣國賊、死要錢、死不要臉、全家死光光了嗎、垃圾、臭死了、看你活到今天……

我忍著不敢吭聲，只能皺著眉頭表示訝異。其實來這裡上班不久，類似的這種非理性的辱罵大致都聽過了，惡口碑顯然不是現在才有，只要社會又出現喪心病狂的謀殺案，輿論箭頭莫不又指向柳這邊，彷彿他就是惡人唯一的辯護者。就我所知，柳並非專以辯護殺人案為樂，事實上沒有大案時他也忙，很多狗屁倒灶的照樣都找他。一審重判，二審減半，三審各自解散，他平常就忙著這種順口溜的關卡運作，甚至判決定讞了的案子他也不忌諱，使盡推拖拉的手段就是要讓當事人暫時免服其刑。

他說當律師就應該像做媒婆，我倒覺得以他包辦事項的深度和廣度應該更像接生婆，大概從對方剛出生就開始陪伴了，長大後就算一路殺人放火，還是能靠著他的庇蔭充分保住作為一個惡人的自由。

相較之下，他的麥片到底要不要蓋碗，有那麼重要嗎？未免說得太過文藝腔了，老婆死後屍骨未寒，還不是照樣迎來了第二春，年紀差一大把，在家是夫妻，出門像父女，天下哪有這等好事都歸他？什麼蓋子不蓋子，嘴上說說罷了，既然活著才有尊嚴，留著蓋子做什麼，生命失去後再來紀念生命的尊嚴嗎？

他臨著棕櫚葉的窗下走來走去，叫我別再看手機了。可是新留言還是不斷出現，偶爾重複穿插著一檔影片傳進來。我朝著箭頭點進去，突然看見影片裡他穿著一件老舊西裝，和幾個生面孔一起坐在長桌旁，背後的布幔張貼著某某研討會的剪紙，影片節錄的是他的發言——

我們現在的司法，一直就是三個怪獸在主導，執政黨、新聞媒體和偏頗的社會輿論，不肖司法人員就在這些灰色地帶中混水摸魚，正派的執法者反而最可悲，良心辦案沒有一點點鼓勵，反而忙昏頭出了差錯就要背負一輩子的罪名。大家都只看表面的司法，以後誰還願意認真辦案，當然那些鬼混不作為的就越來越多……

影片裡的柳看起來不像柳，可是那細細的眼睛分明就是他，大概是十幾年前的座談會，難得那麼敢怒敢言，沒想到當時他所痛斥的，竟然就是現在的自己。網民摘下影片來諷刺他，就是衝著那件分屍案，雖然法官不是他，但到處謠傳的是他把那幾個法官收買了。

「快幫我把這些髒話刪掉，讓他們下地獄的時候自己帶走。」

「手機號碼都被公開了，刪了還是會再傳進來。」

「那給我，我自己想辦法，」

他把手機搶過去，二話不說竟然跳起來重重摔在腳下，殼子破了，黑螢幕碎成了密密麻麻的裂痕。他跟這種智慧科技賭氣還真好笑，不就像個笨蛋嗎？我想到的是不如趕快去換門號，可是這也有麻煩，那麼多客戶以後要怎麼找他？

我提醒他這個想法，他卻只是冷哼幾聲，不想說了。

半個小時後，突然要我開車出門，說要去一個啞巴家裡。

「啞巴是誰？」我說。

怒氣還沒消。髒話又不是我罵的，我卻像是讓他受傷了。

我們來到了一間民宅，臨窗的小客廳裡坐著兩個人。

下車後，他把氣壞了的領帶打正，衣領和肩線分別整理好，這才突然轉頭說：「今天我就讓你瞧瞧，我沒有手機門號照樣通行無阻，客戶如果對我忠誠，叫他自己爬到事務所都願意。不然你叫那些學長買一百個門號來等客人上門，保證還是每天坐在事務所翻報紙。」

嗯，手機的陰影還在。我聽他說完，跟著他走進了那個小客廳。

其中一個果然是啞巴，光看那表情就是無神的一副愕然。另一個坐在旁邊的是柳臨時請來的通譯，他挪著身子喊我們坐，一邊對著啞巴青年比劃著手語。我聽了很久才知道，原來柳是為了一個舊案專程來的，那個案子已在高院判決確定了，被告父親卻要求提出再審，這可是大海撈針，柳一直苦無新的事證用來翻案，沒想到今天找到這種地方來。

啞口無言的男子只能哦哦哦地叫著，柳聽不懂，只好轉頭對通譯說：「你就告訴他，看到屍體的時候因為太緊張，沒注意凶手到底幾個人，但絕對不只一個，是好幾個，好幾個的手語你比劃得出來嗎？反正就是要教他說，當時看到凶案現場的時候嚇得尿褲子，一下子什麼都忘了。」

通譯搔搔頭說：「上次筆錄上並沒有尿褲子這件事。」

「那就照上次嘛，上次寫的是害怕吧，其實都沒差。」

「柳律師，因為他的腦筋很直，你希望他看到幾個凶手要說清楚。」

柳想了一想，最後總算非常堅定地比劃出三根手指。

除了手指，他還對著啞巴發出了哦哦哦的怪音。

●

神祕人物進來的時候沒有遞名片，我只知道他任職金管會，戴著一頂深灰帽，吃菜喝酒都不肯拿下來。整晚他只吃了兩個壽司，雞肉半串，每人一盅的清酒沒有喝完。用餐後我到櫃檯結帳時，柳恭敬地陪他走出去，藍色暖簾掀開的瞬間，我轉頭看見的是他匆匆離去的背影。

回想剛才的用餐過程，只有翻帳冊時他才零星說上幾句，爐子裡的炭火偶爾爆跳一下還差點把他嚇壞了。柳從頭到尾稱他為兄，跟著他沉默寡言，需要探入重點時則以「推說不知道」、「時間前後要兜清楚」、「趕快切斷現金流」……之類的幾個斷句來叮嚀他。

內線交易是金融重罪，判個十年應該有，併科罰金也可高達兩億。媒體最近繪聲繪影的，就是今晚這個人。他被指涉與上市公司掛鉤，利用尚未揭露的企業資訊來炒股牟利，光是不知情的散戶聽說就被坑殺了五千多人。柳接手這種案子什麼事都不用做，只要針對證交法一百五十七條的模糊地帶進行解說，像個私塾老師教字，循著當初立法造句時偉大的奧妙玄機仔細推敲給他聽。法條多如牛毛，文字的裂縫裡處處都是金條，柳提示完幾個關鍵點後，爐子裡差不多也快要冷卻了。

走出居酒屋時，巷子裡那部黑車馬上把他載走。

車身是暗的，像夜色那樣暗，尾燈從轉角處搖曳而去時，那消失的地方馬上又暗了下來。柳輕吁一口氣，難得看他整晚輕聲細語，那憋了太久的喋喋不休豈能罷休，這會兒大概又要釋放到我身上了，我幾乎聽得見他的筋骨正在發出鬆綁的聲音。

他仰起頭望一眼缺月的天空，突然幽幽地說：「我看以後就專挑這種搞錢搞到出事的案子，能夠服務這種大號人物多刺激，你不覺得我好像在處理國家大事嗎？這整個過程是那麼優雅，你看他連喝酒都用舔的，誰看得出他以前是整瓶倒進喉嚨。哼，出了事還不是回頭來找我。有時候我真懷疑自己為什麼那麼受歡迎，大概是貪官越來越多，我真他媽的供不應求……」

「聽說這個人利用兩個局長蓋章。」

「你剛才有沒有吃飽？」他說。

「有啊，我只顧吃，田螺都是我吃的，因為開車不能喝……」

說到一半我就閉嘴了。他的眼尾瞟了我一下，每次的弦外之音都這樣。

「記住，今晚沒有田螺，也沒有任何人和我們吃飯。」

我說我知道了，走過去發動車子，他卻轉身往店裡走，「我先進去補一泡尿，一整晚忍到現在。」

就在等他出來的時間裡，一個念頭爬進了我的腦海。

其實那神祕客一進來就把我惹火了，他豈止不看我一眼，陰森森地就像個情報頭子，明明暗地裡搞錢，一伸手就害慘了五千多人，還繃著一副令人膽寒的高姿態。柳為什麼要插手這種啃人骨頭的弊案呢？平常幫人規避死罪也就算了，何必還要讓這種人逍遙法外。

是的，我竟然那麼天真只顧著吃田螺呢，這一刻總算體會到柳說的優雅了。嗯，今晚的夜色真優雅，甚至還有點淒迷，薄薄的暗影灑在靜靜的窄巷裡，只有一條流浪狗看著我，鄰戶人家傳來了一個新手的琴音，無所謂好聽不好聽，等我們把車開走後，真的，這裡真的什麼都沒有了。

我也是現在才明白，柳是看人接案，他是那種起床很晚的師傅級老裁縫，聽見對方肯花錢才願意下樓打招呼，尤其喜歡今晚這種還沒被檢察官起訴的大案，理所當然開出來的價碼也最高。

至於把人剁成十四塊的分屍案，連腿都找不到，當然更是天價了。

錢太多還真麻煩，這是柳說的，可不是大話，錢真的愈來愈多了。我搬進基金會的房間後，才知道進不了銀行的錢都堆在這個房間裡，睡在它們旁邊簡直就像自己開了一家銀行。每晚我睡得很不安穩，明明睡著了還是會驚醒起來聽聽門外的動靜，緊張得連兩個小窗都不敢打開，有時風挾著雨打在玻璃上，恍惚中會有幾百隻手同時敲著門的錯覺，只有那堆鈔票不動如山，一時真不知道自己是在地獄裡還是住在天堂。

錢都是各路豪傑捧上來的，有些等著柳替他們轉手，有些則是被他攔截下來占為己有，難怪我搬進來後光是幫忙數錢就數不完，他只要選定一個案子插手進去，整片烏雲幾乎馬上可以從西邊挪到東邊。

神來居位在西邊，那是我的烏雲區，只是個卑微的小夢就被雨打醒了。

此刻他拉著褲襠走出來了。我等著他上座，卻遲遲不進來，偏著脖子朝路口打量著，看了看手錶然後插進口袋裡。我搖下車窗叫他，卻只是朝我擺擺手，「你把帳冊載回去鎖好保險箱，我自己坐計程車。」

「我不趕時間，可以載你。」

「你當然不趕，但是這些東西很趕，總不能載著滿街跑。」

本想問他要去哪裡，想也算了，除了酒店，他能去哪裡？不，除了酒店，至少還有公寓樓上的那個女人。

他還不回家，自然就讓我又想起了柳太太。

我真的是笨透了。他本來就是說著玩的，怎麼會把她還給我呢？然而這陣子以來，我竟然真的那麼愚蠢地期待著，以為他會和我談條件，只要我繼續為他冒險……。

真的夠了，這世上哪有轉手的愛，誰聽過真正的愛還有第三人。

●

幾分鐘內可以到達事務所的車程中，我拖了將近一小時。

在便利商店喝了一瓶飲料，也買了一包煙。

車子開動不久，我又在一座公園旁停下來，毅然點上香煙，學著柳把第一口深吸到肺部，嗆得喉嚨快要裂開。後來我繞進了公園，一個人都沒有的公園，我對著幽暗的荷花池說話，它只顧開著自己的荷花，四處寂靜得太冷清了，整個世界彷彿噤下來看著我，看我還沒壯起膽子之前已經開始驚慌。

但我最後還是鎮定了下來。回到無人的事務所後，這次不能再開燈了，自然也不想知道今天有沒有柳太太新插的花。我捧著帳冊在黑暗中摸索，就著影印間逃生燈號的餘光蹲下來開箱，然後攤開帳冊開始影印，緩緩散出的熱光和碳粉的味道混合在這心驚膽戰的暗室裡。

影印的速度相當遲緩，我拿來一張小椅子坐下，像在秋收後的稻田裡期待著土窯裡的烤地瓜。我所期待的這台影印機有點老舊了，它似乎也跟著我一起緊張，只好偶爾拍它幾下，聽著它悶悶的怪聲像在猶豫著可或不可，彷彿它也知道這些東西不可告人。

我知道，這些祕密流出去後，今晚這個神祕客馬上就會遭殃，然後那些被坑殺的投資人或許還有機會救得回來。但更重要的是受到連累的柳，他將從此不再信任我了，把我逐出事務所是必然的，而我也將從此獲得了解脫。他最不應該的就是對我信任，無緣無故的信任本身就是最大的汙辱，為什麼他對我毫不設防呢？不就是算準了我走不出去，為了等待著柳太太而一錯再錯地蠢到底。

當然，今天晚上應該也是我對柳太太的告別。我願意帶著遺憾離開，有關愛的疑惑，愛加之在我身上的無助與困頓，與其還要追索她為什麼要離開我的理由，我想，就讓她安心離開我吧，唯有這樣我才更相信自己是多麼深愛著她。

影印機不拍它幾下，又嗚嗚嗚停下來了。

我從椅子上站起來時，根本沒發現有人悄悄走了過來。

●

他沒有出聲，只用兩根手指輕輕點按我的肩膀，然後快速拔掉電源，蹲下去收起帳冊裝箱，再把那些已經印好的扔進碎紙機裡。這幾個連續動作完成後，他才轉身對著我，牆上逃生燈號的青光映在他臉上，老穆的臉上，垂老的那張臉混合著深刻的皺紋和驚惶。

這時他並沒有小聲斥責或作勢要報警，而是走出去開燈，整個黑暗的事務所頓時回到燈光下，像間諜片裡所有壞蛋被殲滅後大放光明。他把我叫去沙發區坐下，親自沖來了兩杯茶，自己拿著一杯，喝了兩口才啞出聲音說：

「你別做傻事，傻事讓他做就好。」

「對不起，原來你都知道……」

「我也知道你每天都在掙扎。」

我聽了鼻頭一緊，滿腹委屈一下子就被他攪動了，但我還是又說了聲對不起。他是事務所的老臣，以前也是柳在大學時期的學長，難得他說得出這麼體己的話，可見這個人是講理的，反而我這樣的行為對他是冒犯了。

「柳律師做事非常謹慎，他要信任一個人，事前的調查絕不馬虎。你來應徵時，他就交代我把你的資料查得清清楚楚了，我們才知道你就是為了文琦來的，不是嗎？願意為一個女人這樣上山下海，他都看在眼裡。『這是一個男人的品格。』這句話是他說的。可見他從一開始就很信任你，對你敞開胸懷，什麼事都讓你參與，這是為了什麼，你不是滿腦子要走司法這條路嗎？他就是要帶著你到處看，讓你徹底了解這個法界生態是怎麼了，以後才不會像他一樣的下場。」

「下場？他對自己所做的說不定覺得很風光……」

「他的下場你想聽嗎？其實不複雜，他就像飛得高高的一隻大鵬鳥，掉下來的時候連羽毛都被拔光了，故事就是這麼簡單。年輕時他絕對是個天才，還沒當兵就考上律師，剛退伍又考上法官，當然沒多久就一馬當先進入了法院，從此朝著司法的夢想一步步前進，審理案件的公正態度嚇死人，從來不問人情世故，碰到有人關說反又罪加一等，光那幾年審理過的大案就多到數不清，在他手上甚至還判過幾個死刑。」

他的悲劇就這麼開始了……，老穆說到一半，嘆了一口氣。

「在他最風光的時候，誤判了一件冤案，死刑犯槍決後才被發現凶手另有其人。真相曝光後，除了被懲處，媒體輿論每天砲轟，沒有人和他往來，他自願請調到偏遠地方去懺悔，聽說連鄉下養豬種菜的也看不起他。十幾年下來，他就是過著那種日子，看著別人搞錢升官，爬上學界、政界的都是以前他最瞧不起的那些人。可以這麼說，人間冷暖他都嘗盡了，本來還有老婆願意陪他，突然走了以後，他連悔過的機會也被帶走了。」

「怎麼說呢，為什麼？」

「他老婆出殯那天，娘家那邊只來兩個人。你問我為什麼嗎？啊，那個被他誤判的死刑犯，就是他老婆的小表弟。」

我聽完還是以為聽錯了，頭皮一片發麻，全身湧起寒意。

「審理的時候他沒有申請迴避？」我問他。

「所以我才說這是個悲劇。那時媒體輿論像在指揮辦案，加上他滿腦子強烈的正義感，把自己看成了除害英雄，哪還有冷靜思考的餘地，一個失察當然就什麼都不是了。我看他那麼消沉，幾年前還曾邀他退休後一起上山種樹當鄰居，怎麼知道他突然選擇這樣的後半生，轉業當律師並不打緊，最可怕的是完全變了一個人。」

還是有很多困惑，我說：「謝謝你告訴我這些事，但我還是想不透，整個社會氛圍嫉惡如仇，業界也把他說得一文不值，這些他應該都知道，卻還是照樣收錢行賄，人犯被縱放是一回事，賺來的錢卻又不敢放銀行，反而想破頭去做那些外行的慈善工作，這到底是為了什麼，沒有人願意這樣吧？好像所有的努力只為了留下更難聽的汙名。」

「唉，你還有什麼不知道的？繼續問，我一起回答。」

「行賄的是他，送錢的卻是我，如果有一天我真的被捕，他好心教我那些道理是要做什麼用，還有什麼意義嗎？可見只是說得好聽，是在利用我吧，不然他是怎麼想的？」

「小老弟，我曾經在三更半夜和他吵架，就為了這件事。他是怎麼想的？好吧，你聽聽就好，知道了就不能說出去了。他把收來的錢當作照妖鏡，誰被他買通，誰就跑不掉，一個個醜聞都被他寫在筆記裡，現在差不多快寫滿一整本的黑色手冊了。他說這些事都和你無關，如果你出事，他也會跳出來扛罪，連脫罪的理由都替你想好了，而且絕對說得通，說你是被他脅迫才不得不冒險，因為你確實就是為了文琦才來到了事務所。」

「你的意思是，他是藉著文琦來保護我？」

「為什麼不是？至少我知道的是這樣。文琦就是文琦，根本就不是外面到處亂說的柳太太。十年前我就看過她了，有一天下著大雨，她突然直接跑進來，穿著高中制服，全身濕淋淋像個沒人要的，說要來應徵，誰敢接受她，何況那是非法僱用童工。很奇妙吧，命運就是這樣，柳這種人是從小就苦過的，聽到她揹著書包裡的幾件衣服被員工打發走了，反而趕緊叫人沿路去找，一個小時後才把她找回來。就是這樣，有關文琦的事，最了解的當然就是他了，以後你可以找時間問問他。別人可以不了解他的為人，你不可以不了解，外面想要捅他一刀的人太多了，不要連你也跟著做這種傻事。」

老穆喝了一口茶，「我直說好了，說出來可不是要嚇你。他那本手寫的筆記，打算寫好了親自交給司法院，另外影印一本寄到調查局，然後第二天找一個地方自尋毀滅。你聽懂這個意思嗎？我還問他選好了地點沒有，什麼叫做自尋毀滅，含含糊糊的不肯說清楚，我只好每次見了面就消遣他，總得有個人幫你收屍……。」

老穆看我噤了聲，繼續說：「我乾脆也把自己的想法說出來好了。我笑著問他要找誰幫忙收屍，沒想到當天晚上我夢到的竟然就是你。這很可笑吧，但確實就是這樣。你聽過有人當法務主任是每天晚上睡在老闆的錢堆裡嗎？大概就只有你吧。你不是他的孩子，但我總覺得他好像是在扮演一個被你懷恨的父親。讓你進來事務所，讓你有更多的機會來看不起他，多麼不可思議，也許命運本身就是這麼不可思議，而這種巧合卻又是文琦的命運牽扯出來的，如果不是她，今天晚上我們也不可能會坐在這裡。」

我只顧著聽，說不出話來。腦海裡雖然減輕了疑惑，卻也沒有答案。

柳的故事聽完，結果竟然還有個文琦的故事。

柳自行開業時，文琦不就只是個小妹妹而已嗎？

她是帶著什麼樣的命運來到這裡，然後和柳和我連結在一起？

我還想聽下去，老穆卻已轉為喃喃自語：今晚說了這些，你就當我沒說，沒說應該就會沒事了……。

他說完突然站起來，挺起肩膀欠身說：「一切請你原諒。」

第四章

我和柳的互動都照常，顯然他對影印帳冊那件事毫不知情，他的油腔滑調仍然沒變，幾天前的下午開完言詞辯論庭後，還找我去夜市鵝肉攤上喝酒，雖然不再說什麼大話，酒興卻特別好，三瓶啤酒沒多久就喝掉了。

我很想聽聽他在酒後吐什麼真言，結果還是那些老話。他說，有時候他非常懷念他的養父，養父死前跟他說過的一些話，到現在回想起來竟然都像是預言。他說養父說：「阿龍，我最不放心的就是你，你最好走遠一點，以後都不要回來，因為你的八字很容易剋到人。你知道嗎？連農作物也會被你剋到，頭一年我把你抱回來時，那五分地的兩千棵紅肉木瓜三天內全部染上毒素病，噴一卡車農藥不打緊，收成後一公斤換不到半碗米。」

我試探著說：「後來有誰被你剋到嗎？」

這時他就縮口了，只笑了兩聲。

柳說起往事沒什麼起伏的腔調，聽不出到底是憎恨還是懷念，說完後還可以馬上跳進另一個不相干的場景。他說當法官期間有一次碰到上級來視察，問他如何解決訴訟積案的問題，他覺得最重要的還是司法風氣的敗壞，因此爆冷門回答：「報告長官，不肖司法人員除不盡才是大問題啊。」他說當場，當場喔，我當場說得聲淚俱下，但是沒有任何人甩我，那幾個上級長官本來要留下來用餐，結果聽完後匆匆取消下午的行程，原班人馬臭著臉打道回府⋯⋯。

若把他滿腦子活蹦亂跳的思維回想一遍，我想他清醒得很，不像已經走在通往悲劇的路上，就算那個死刑犯的誤判鑄成了不可原諒的過錯，好歹也消沉了半生把自己懲罰過了，如果他願意冷靜下來，憑他絕頂聰明又那麼豐富的歷練，明年的六十歲豈不是才剛開始，不像我的四十歲雖然即將到來，卻還像一顆泡沫浮游在漩渦中。

他要去地獄，那我去哪裡？

這天下午，他受理一件豪門爭產案，當事者雙方約在小飯店裡調解，我載他準時赴約後，轉進一條巷子裡找車位，無意中瞧見了一塊小招牌。它掛在一棟舊公寓樓上的小窗口，深藍底的反白字，像一朵雲在對我招手，我一直覺得它很眼熟，想了很久才想起以前曾經來過了。

招牌上浮著四個雲白小字：心理諮商。

文琦離開我的那段期間，我曾找過他，那時他還在大醫院，每次都是聽他說些淺薄的道理，快結束時他會習慣性拍拍我的肩膀，叫我走到門口再走回來。好，現在只剩下頭。他總是這麼說。

「下巴不要太低，這會讓你的臉垮下來。」

我做給他看，心情並沒有變好。

「還有眉毛，你的眼皮要把眉毛頂上去，這才有精神。」

診簾外總有幾個隱密患者，我出去時那些無助的眼神會望著我，以為我走錯了門，要看的應該是顏面神經。沒錯，那時的我，只要看著人總是把臉歪向一邊，由於錯愕的悲傷所造成，形成一種對人的困惑，彷彿唯有歪著臉才能把顛倒的人生秩序反轉過來。

我去那裡超過五次，同時也在精神科拿藥，每晚服藥時會把他的安慰一起吞下，結果還是撐不到兩小時就醒來，醒來後的世界一樣黑，只好繼續裹在棉被裡，睜著眼睛暗暗傾聽，不敢錯過萬分之一的文琦的動靜。

他來這巷子裡開業時，我曾送過一對小花籃，後來就沒有再來找過他，因為那時我已經找到了柳太太。啊，文琦如果是我所失去的，柳太太無疑就是突然轉世來到了別人的家庭。我遇到了這種事，難道也要接受心理諮商嗎？既然已是一種塵埃落定的命運，我只好繼續承受著悲傷過後的悲傷，以為只要時間過去了自然就會轉好。怎麼知道不悲傷反而更難熬，心裡只剩下一片空靜，到了深夜更轉為冷冽，全身漂浮在空中，沒有悲傷卻也沒有重量。

眼前這塊招牌使我百感交集，我已經很久很久沒有面對著自己了。

我走進樓上的診間時，一個助理也沒有，牆上貼著大頭顱的圖像，他微蹲在圖下做著甩手功，兩眼瞇著牆，額上滲著汗光，有些汗水已經滴在開襟的白衫上。我退後幾步打算等他做完，卻已被他發現而提早收功，拿著毛巾擦汗也同時打量著我。

「真的是你？哈，我一直相信你已經變好了。」

「我剛好路過，今天也沒有時間當病人。」

「你本來就不是病人。來，坐下吧，最近怎樣？」

他只聽過文琦的事，並不知道她後來變成了柳太太。就算老穆說她並不是柳太太，總也是一樣徹底地離開我了，而我卻還在迷糊中等待，只為了那萬分之一的奇蹟將臨。這種事說出來多難堪，一個心理諮商師或許聽過很多更荒謬的傾訴，但他怎麼聽得懂一個男人這麼愚蠢的內心？

如果要讓他了解更多，我勢必要把文琦後來成為柳太太、而我成為一個窮追不捨的笨蛋這件事再說一遍。然而人生很多事往往就是因為還要再說一遍才會更加悲傷。我是要再悲傷一次，在他面前扮演一個完整的弱者，還是隱藏下來，和他打一聲招呼就算來過了？

作為一個完整的弱者，一年多來遭受著多少人的恥笑。

我只希望他身為心靈領域的專業，最好不要看輕這種永不可能的愛戀，這世上如果沒有像我這樣的人，別人如何體會到他自己是多麼的幸福。何況我的等待是失去之後還在等待，不同於一般人只為迎接而等待，有答案的等待是幸福的，只有像我這樣毫無機會的等待才會這麼徬徨。既然毫無機會，為了活下去只好把這種等待轉換為夢想，有夢想就不會死，死是沒有夢想的人最後的路，光是這樣我的夢想或我的等待就比死亡強多了。

哦，我要來諮商什麼？

文琦如果真的不是柳太太，那麼那天晚上的告別還算嗎？

他替我倒來一杯茶，坐進皮椅後兩手交握著放在桌上，這一副垂詢病患的姿態使我更加警覺到車子還停在一條黃線上……。既然只是臨時泊車走進來，我想還是只讓他知道一些梗概就好。「嗯，我目前在一家律師事務所上班，雖然還過得去，卻要承受很多的風險，每到夜晚就很難睡，尤其最近一直有個預感，好像快要出事了。」

「你說身體出事？」

「一切。」

「那就糟了，怎麼還不趕快離開？」

我茫茫然看著他，覺得他做甩手功變強了，語氣就像剖西瓜一刀到底。除非他也認為我太過軟弱，否則我真想知道，為什麼從以前到現在，我所遇到的聽到的，只要加諸在我身上的，不論是勸慰或提醒或更高尚的祝福，每個人一直都是要我離開、離開、離開、離開……。

「離開去哪裡？」

「去哪裡都行，至少繼續埋頭念書也算是離開。」

「以前你叫我接觸人群。」

「整個地球來說，人的體積不到一粒芝麻大，就讓風吹走嘛，掉在任何角落照樣生根發芽。什麼時間離開都來得及，總有一個地方讓你落腳，說不定那時候你也不想走了。」

他這狗屁道理不見得錯，可惜我已不相信任何道理。

今天更不是來聽道理的。愛有什麼道理。

於是我告訴他，我不能坐太久，車子暫停在一條黃線上……。

「其實你現在最需要的是有一張床讓你好好躺下來。」

「嗯，我真的一直睡不好。」

「不是要你睡，譬如去做做指壓，我一看就知道你的脊椎僵掉了。」

診間的牆邊也有一張行軍床，上面鋪著鵝黃色的軟被。以前我去大醫院就躺過這種床，像個臨時病患擠在緊急倉皇的人生通道上，認真聽著他的安慰和祝福，然而緊閉著眼睛還是看到文琦離開那天不斷哭泣著的晚霞。

是的，我很久很久不曾好好躺下來了。

「去找誰幫我做指壓？」

「這還不簡單，你可別說從來沒有去過什麼理容院？」

「理容院？你開玩笑的嗎？我從來沒有去過那種地方。」

一個穿旗袍的小姐領我往內走，經過一處水聲飄盪的室內小庭園，再沿著通道上的高窗玻璃走到盡頭，轉角有個大房間，裡面已經趴著一個打盹的胖子，旁邊還有兩張空床。

大房間最裡面那個小簾子拉開時，一個短髮女人走出來，她把裝著油罐和毛巾之類的小竹籃擱在床邊櫃位上，瞅著我微微笑，很像二十年前俯在病榻等著我退燒的母親，耳際別著一朵白色的玉蘭或梔子花。她要我躺下，自己則緊貼在床緣站著，像是來探病，瞧著我的臉和肩膀直掠到腳下，然後在我的肩胛骨輕輕一捏，小聲驚呼著，「唉呀，全都塞住了耶。」

她說她已做過一千個客人，從來沒有摸到這麼僵硬的肩膀。

兩手來到了脊椎，敲打著生鏽的鍵盤那樣，好幾處發出了怪聲。

「你暫時不用抬頭看我，等一下我會讓你轉過來。」

我的臉孔塞在床洞裡，眼下只有紅色地毯和她的小腿，她趿著露腳趾的拖鞋，沒穿襪子，細細的腿毛偶爾就會輕輕飄動。我以為這是因為她正在說話的緣故，沒想到她只顧著按壓時腿毛也會飄，像風中的草尖那樣微微抖跳著。我納悶了很久，後來才發現原來是胖子那邊的電扇緩緩吹來了微風。

「這樣好了，我按下去，你就跟著噢一聲，當作把氣吐出來。」

咦，你平常都這麼小聲的嗎？她跟在我噢出來的聲音後面說。

接著笑了起來，「第一次來喔，難怪這麼緊張。」

由於很少接觸到女性的手，何況是直接把手貼在我的背上，一種痙攣般的悸動馬上傳遍了全身，直到慢慢適應下來，我才發現有一股氣正在體內流竄著，從骨髓裡面穿出深層的肉體，然後沿路像燃放著小鞭炮似地劈啪響。照理說這些氣流的感應無關於眼睛，可就是有哪個關節突然竄出了輕煙似地飄進我的瞳孔。後來我才知道那是淚光。許多年前母親在毛豆田裡昏厥時，我背著她奔跑在農路上，瞳孔裡就是濛著這種煙燻般的光，去鎮上的診所還很漫長，我跑到天色全都黑了，眼前所見大約就是那種無路可走時茫茫然的淒涼。

陌生的這雙手，如果把我所有的悲哀全都擠出來，那有多好。

這時她敲敲肩膀要我翻身，總算讓我對著她的臉了，她取來一條薄薄的大毛巾覆在我身上，自己則拉出床下的小板凳坐下來。我以為她要從額頭開始按摩，便在她出手前先閉上了眼睛，可是這時她的嗓子卻突然轉聲了，聽起來變得非常輕緩又柔軟，像要為一個孩子說故事，兩個手掌疊在一起放在我的胸口上。

「你有沒有帶錢？」她說。

我疑惑地睜開眼，告訴她說錢有，和上衣褲子一起放在櫃子裡。

這時她突然探進白色薄巾裡掏出我的手，然後拿到她的掌心裡輕捏幾下，接著像在黑夜裡帶路，把我的手塞進她的胸部裡面。我缺錢，她說。

我正想著要怎麼回答，她卻突然噓一聲把我打住了。

「如果我現在去把拉簾圍上來，只要這樣……」

她朝我張開了手掌，大拇指猶豫了一下，折進去後剩下四根指頭。

我看著她說的拉簾，像一件長長的百褶裙縮在牆角的鐵線下等待著。

四根手指的意思就是可以圍上百褶裙，還能隔開那個胖子的鼾聲。

我沒有馬上拒絕她。說不定那諮商師也會贊同這樣的做法，才建議我找一家高級理容院躺下來。我也認為不應該再跟自己對抗，這只會讓黑暗的心靈繼續懲罰我的肉體，所有我曾一直堅守的，其實到後來都已證明那只是更寂寞的徒勞。倘若這個女人是那麼無所謂，這樣也好，她說她缺錢，難道我什麼都不缺嗎？

可是她的指甲未免太短了。面容還可以，手指也算修長，倘若她如我猜測已經四十歲，這些指甲更不應該短得像八歲的小孩。

你們是怎麼了？我真想直接問問這些短指甲們。

還算好看的一隻手，嵌在肉裡的指甲竟然一個個像是皺著眉頭。

但她已經走過去圍上簾子了。

接著她突然像閃電般刷開裙子裡的隱形拉鍊，兩條腿一瞬間從裙子裡跳出來，然後像體操表演那樣一縱身就跨上我的懷中。

她低下頭，快速解開胸前的斜襟，裡面的兩團肉馬上蹦了出來，像兩炬火焰熊熊地噴向我，然後拿起我的手像要去撲滅它。我這才發覺自己的手是冰冷的，彷如觸電般被她這樣輕輕一碰馬上燒了起來，以她這種天賦本能，我想她一定治癒過很多孤獨的浪人。

這時她更直接讓它們垂落在我臉上了，而且叫我豎起耳朵聽，「有沒有，聽到了嗎？你有聽到心臟跳得很快嗎？我也很緊張耶，要是被我們經理抓到就慘了，你都不要出聲喔，時間也不要太久。」

她轉頭伸長了右手開始在我身上撫弄，猛撥著急弦那樣地快而潦草，隔著薄巾撩起我的大腿，很快就來到了鼠蹊，然後像撈水餃似地勺了兩下，卻突然壓著嗓子叫了起來，「唉唷，你好慢，到現在還那麼小……」

她這個說法使我感到……有些羞恥，很想告訴她說我不想做了，我只是來做指壓的，但已來不及阻擋。她轉身撲到我的小腹下，兩隻手同時出動，看我還是沒反應，更急了，剛才還算客氣只撈兩下的那地方，此刻乾脆當作玩具般邊搓邊拉，愈拉卻愈短，最後甚至滑出了她的手心。

通常一個男人不行的時候就不應該逼迫他，他或許突然想到譬如老穆說的那些話而心煩意亂，或是正在非常不捨地為一個叫柳律師的傢伙感到傷心，這並非表示眼前這個男性的肉體有何不妥，何況他也是聽從諮商師的建議才來的，事實上他已非常努力。

如果要怪罪她，最要命的還是她的短指甲。

那肥肥短短的指頭匆匆錯落在我身上，好比就是突然下著夏日的暴雨，我無意嫌棄這種窄短的女性的指甲，說不定公司規定她要剪到肉裡才不會把客人抓傷。可是它未免太不像文琦的指甲了，文琦的指甲長又光潤，只要輕輕點觸一下就能把她纖細的愛意傳導給我，我想那是唯有深刻的情感才做得到，像是對著每個毛細孔說話，而不像這個女人只是敲著一架破鋼琴那樣到處亂彈。

她焦急地瞪我一眼，叫我翻身過來，換她躺在下面。

她閉上眼睛，勤快地露出陶醉的表情，看似非常貼心卻又顯得有點厭煩，我只好聽從她的建議伸手進去摸，並且在她右邊的乳頭上停留了很久。她家裡一定有個正在哺乳的嬰兒，而這小嬰兒特別喜歡吸吮我現在摸到的這個，否則它不應該大如龍眼，相較起來左邊那個小葡萄就可愛多了。

「你趕快摸我。」她催促著說。

以我自己對男性本身現況的見解，我想再怎麼努力應該已是徒勞，所以只好反過來安慰她說：「沒關係，錢照算，妳說四千……？」

她點點頭，像要表達對我的感謝，攬起我的脖子壓上她的胸口。

後來我特別在她的額頭上親了一下，鹹鹹的，應該是流汗了。

●

那位諮商師光是一句廢話就啟發了我的靈感。離開。離開這兩個字占領了一整晚的腦海。以前我就是高估了離開的意義而離鄉背井，離開了使我絕望的戀愛傷心地，離開了已待上十年的法務室，結果現在來到十字路口卻還是被他建議應該離開。一個人將近半輩子不斷地被支使著離開，可見生命中早就注定了命運的漂泊，然而後來的結果卻又證實離開的決定都是錯的。

唯有不被這個字眼所干擾，注定會離開我的事物就讓它自己慢慢離開吧。

既然文琦已不再是柳太太，那晚我在影印間裡對柳太太的告別顯然就不是命運的安排。從此我就不用稱呼她是柳太太了，文琦就是文琦，我該做的依然就是如何走進她的生命，或者說如何挽回她未來在我生命中的生命。畢竟柳正在孤注一擲地籌劃著自己的悲劇，倘若這一切成真，與其看著文琦即將又失去棲身之所，不如撇下毫無意義的漂泊，從此下定決心不再離開她。

如此一來，我對柳的憎恨勢必也要重新調整，他並不那麼壞，甚至他只是個笨蛋而已，以為所有的司法敗類可以藉由他的自我毀滅而掃除乾淨。如果他因而犧牲了性命，以後的這個世界也不見得會有第二個柳了，因此他豈不就只是白死了一場。眼看著我曾經憎恨的人即將死得輕如鴻毛，我是否應該換個角度來幫他倖免於難？

柳的悲傷雖然和我不同，失去的痛苦卻都一樣，一個人唯有像我這樣嘗過失去的滋味，或許才能體會到別人失去之後的辛酸。光憑這一點我就不可能會再背叛他，甚至更應該為他留下來，這不見得是被什麼責任或義務所驅使，純粹只因為人的品格，我不應該在他即將出事時放手不管。

當然，以世人的眼光來看，我可能會被各種難聽的言詞所汙蔑，被人誣指我是為了文琦而留下來協助柳的犯行。事實上這是兩回事，我對柳純粹只是基於同情，而愛卻不可能來自同情，愛是這世上唯一不能隨便混淆的大事，與天堂、地獄或任何一粒灰塵都無關。

為了深入了解那件冤案是否另有蹊蹺，我悄悄調閱了多年前的檔案，結果發現被告家屬後來不服判決而提起了上訴，這在法律程序和世俗習慣上都很正常。不正常的卻都在後面，從二審到三審的訴訟過程中，竟然沒有任何一人提出罪證不足的質疑。這是最啟人疑竇之處，一個冤案的形成總還有幾個破綻隱沒在其中，除非當時這個柳法官的氣燄灼傷過很多人，除非有人趁機落井下石，否則憑著那些高官們英明的審理之手不可能跟著柳一錯到底。我不得不懷疑他們審理的並非冤案本身，而是殘酷地間接審判著柳這個人，像要天誅地滅那般將他和那個冤犯一起毀掉，以致一個個將錯就錯而以死刑定讞來收場。

如果真是這樣，難怪柳的悲哀與憤怒異於常人。

至於我，雖然不能隨意議論他人的審判，但擺在眼前的畢竟也是我曾醉心懷抱的司法，誰說今後我用不上它，如果有一天我真的有機會坐在法庭上，那時的我將如何面對一再遭受蹂躪的司法的悲哀？

老穆沒有說出來的應該就是這另外一段的沉冤檔案，柳雖然誤判了別人卻連自己也跟著陪葬了，只有他最清楚誰在上訴過程中故意不作為而使他獨攬其罪，從此他的後半生再也沒有機會翻身。

一個悲劇的出現通常就是故事的起點，當我們聽著某個失敗者的故事，莫不意味著悲劇氛圍已經流露在故事一開始的敘述中，只是整個故事還沒說完罷了。但柳的悲劇卻不一樣，他的故事雖然說完了，悲劇也早就已經浮現了，卻還衍生了另一個悲劇正在成形中。

那麼，除了阻止他的悲劇，除了替他做那些丟臉的事，我還能做什麼？

他要在自己的漩渦裡滅頂，我可不願意。我雖然也有自己的漩渦，但我的並不危險，畢竟那只是愛的折磨所捲起的漩渦，那種不至於死的凌遲反而使我更想要活下去。

倘若他已決心一死，我能做的還有什麼？就算存心幫忙到底也不能光做壞事，我是不是更應該替他把真正不必做壞事的法律找回來？整個晚上我所思考的就是這件事。也就是說，當我一面替他做著壞事的時候，我也應該同時回到法律正義這條崎嶇的道路上，否則我只是迷途的羔羊一直停留在錯誤的地方。

兩天後的夜晚，我瘋狂地做了一件事。

●

我冒著大雨跑到書店搜回了一堆新書，然後把自己關進房間裡，逐一查看各類考試科目的增修條文與勘誤表，再把兩年前那些翻爛了的舊書拿出來比對內文。新舊版本經過交叉匯合後簡直就像江水沸騰，使我在這神祕的瞬間突然感覺到獲得了重生。

如果決定重考，不管是律師、法官或檢察官，能讓我進入深層閱讀並強記下來的還是那些舊書，每本書的每一頁都有以前留下來的手跡，同段甚至同一行的文字莫不交錯著紅與黑的筆色，有的是當時以為必考所以畫得很深，有的則因為焦慮情緒所致，重複畫線的結果幾乎戳穿了紙背。翻頁一看，那些筆墨暈染過後如同浮水印般突起之處，就像一個個久創不癒的傷口，有些字都因而破碎模糊了。

我開始逐日進行狂讀，然後在這瘋傻又清晰的重複閱讀中，無可避免地，每當我的眼睛來到了某段或某行，竟然就能約略想起文琦在那當下的身影：她端茶過來時的輕聲細語，她在房門口悄悄探出的身影，她在寒流來襲的夜裡連打了幾個噴嚏的聲音……，以及就像此刻我所翻到的刑事訴訟法第三十三條第一項規定：「辯護人於審判中得檢閱卷宗及證物並得抄錄或攝影……」啊，馬上讓我想起了那天剛好就是她的生日，她自己一個人切蛋糕，拿了一塊端來書桌，當時的我正在背誦的就是這個條款。

那個生日夜其實是不快樂的，壽星不快樂，非壽星的我也忘了為她唱歌。蛋糕是她突然想起，臨時跑到夜市附近的麵包店買來，說要慶祝我在她身邊一起度過的二十五歲，「你看多巧啊，2的諧音是你，5剛好就是我。」當時的我埋在書堆裡只是聽聽，並不因為這個歲數隱含的深意而特別感到歡喜，直到凌晨過後，才突然想起一整晚沒有聽到〈生日快樂〉這首歌，我滿懷愧疚走進房間裡看她，但是她已睡了，那孤單的25斜插在垃圾桶裡，彷彿冷冷地象徵著那天晚上整個屋子裡的孤寂。

如今雖然已盡量不想她，卻沒想到一個個過去的影像都還在，藉由凌亂的符號和眉批重現在眼前的這些書頁裡，那些曾經那麼甜美的幻影來了就走，走了又來，輕飄飄地就像她躡著腳尖的聲音，彷彿她也跟著我熟讀過這些繁瑣的條文，正在悄悄走過來看我是不是全都記下來了。

我的蝗蟲般的飢渴經過一陣搜括後，不到一個月竟然出現一個怪現象。我發現自己再也不用逐頁強記或深讀了，那些多如牛毛的法條早已深刻烙印下來，我該做的反而是閉上眼睛，讓它們爭先恐後地跳進來我的腦海。

原來文琦留給我的悲傷還是有用的，它使我永誌不忘那些記憶的糾纏，連文字本身彷彿也充滿著生命，像雨水經年累積後突然洶湧而來，把我全身拆解洗淨再重新歸位，猶如親沐著一場緬懷儀式，使我在每次的夜讀中充分感受著那些悲傷所帶來的力量。

我開始嘗試只看目錄，從目錄上每個大綱的章節去想像裡面的條文，結果竟然就像原作者那樣的熟稔，只有在碰到法條適用性的模糊或混亂交錯時，才需要翻到內頁裡去釐清，但也只是點到為止就能再回到目錄上。我相信這樣的奇蹟只有極少數人有，因此為了享受這個奇蹟所帶來的震撼，我經常熬夜到凌晨還不罷休，即使悲傷過後的日子裡已經擦乾了眼淚，每次打開書本還是會因為這樣的奇蹟而激動得想哭。

第五章

天陰陰的午後，機器怪手臨著河溝懸空待命，旁邊圍觀著一群人。

我和柳站在警戒線旁，整排河岸的違章戶都領完補償金拆光了，只剩眼前這間灰汙汙的吊腳樓還沒搬走。住在裡面的是個退伍老兵，平常就在門口賣紅豆餅，還上過報紙，附近小孩每天放學後都跑來圍著餅攤，當天考滿分的免費送兩個，掏錢買的都是一些很想滿分的學童。

河川整治拆遷最後的期限，聽說清晨六點這個老兵就把家小遣走了，他獨自拿著菜刀橫抵在脖子上，有人靠近他就大聲喝止，已經餓了兩頓飯，那威猛的叫聲傳到遠處還是相當淒厲懾人。

市政府打聽到柳大律師神通廣大，要他幫忙獻策來把這老兵請走。

但他顯然無心於此，頻頻催我離開，要我再跑一趟公寓看看那女人。

「動不動就來煩我，你今天去待久一點，讓她把苦水吐乾淨。」

「我上次去，她拿到東西就把大門關上了。」

「反正想辦法，你戴頭盔去，前天打電話來說要把我殺了。」

一個員警悄悄掩至店門口，還沒探出究竟，裡面馬上又傳出連串叫囂聲，擴音喇叭因而轉大了聲量，河岸四周各種聲音混在一起嘈雜起來。

柳轉頭對我說：「把我鬧得心神不寧，我看是應該攤牌了。」

「你叫我待久一點，那我要跟她說什麼？」

「她現在的樂趣就是一直講話，你負責聽就好，說不定還可以趁機會閉目養神。對了，你去百貨公司買一個咖啡機，挑最好的，她說喝咖啡可以治頭痛。還有，你那個房間裡現在還有多少現金？有的話拿個二十萬好了，他媽的跟她說這是最後一次。」

怪手忽然開始有動作了，兩名員警要我們往後退。

我鑽出人群轉往停車場，後來不放心還是開車繞回來再看一眼。人群擋住了視線，只聽見擴音喇叭還在說話，這回卻好像換了人，換了……，細聽之下我才發現竟然就是柳的聲音，原來他已經忍不住跳進來了：胡大哥，胡大哥，我有帶來一個好消息喔，你想不想聽，別做傻事喔……喔喔喔……。

這時我才放心。柳是神也是鬼，應該又有什麼主意了，沒事才對。

可是我卻有事了。一個多小時後，咖啡機買好了，也趕回到基金會數了現鈔包在紙袋裡，結果卻在那間公寓客廳裡吃盡了苦頭。

她這次沒摔門，還領我走到一台電視旁，螢幕上正在教調酒，沙發桌上除了酒就是杯，一個冰桶擱在茶几上，被她擰過的檸檬皮丟滿了地毯。

你喝一點看看，她說。

調過的酒，應該是很淡的酒，我非常誠懇地一口喝乾。

另外這杯你喝一點看看，她說。

這杯又苦又辣。但一想到柳要我拖時間，只好慢慢品嘗，也喝完了。

這一杯是剛才學到的，你也喝一點看看，她說。

這時我才發現，她自己早已喝得滿臉通紅。

不錯，我說。再換這種，她說。有點澀，我說。不然這杯，她說。

我聽了她的話，每種調酒都「喝一點看看」。螢幕裡這時又告訴她，想要濃烈一點就少放什麼跟什麼……。她又照做一次，然後又要我再喝一點看看。大概在我來之前，她已把所有調過的酒喝一點喝一點全都喝光了。

我指著擱在玄關的咖啡機，問她要不要解說怎麼操作？

還在試酒的她說：「不用了，上次那台麵包機也還沒有拆封。」

「錢帶來了嗎？」她突然想到了。

我把紙袋交出來，她睥著眼冷冷一看，像倒酒那樣把裡面的鈔票倒出來，兩大疊落在她的腳旁，哼哼地說著，「這一點錢要讓我開酒吧，是應付三個月的房租後就叫我關門嗎？」

她突然火大起來，抖抖地扠著腰，兩隻手陷入腿股間蓬鬆的睡袍裡，抖得開襟處慢慢滑開了，釦子好像沒扣好或是鬆掉了，繫在腰上的帶子看來岌岌可危。我趕緊轉頭盯著螢幕看，那個三八姊還在講解，請了來賓上去把那些教學步驟又演練了一遍。

她沒有把鈔票撿起來，回到桌上夾起冰塊丟進杯子裡，問我想不想試試不加料的醇酒？「喝一點看看。」說著把一瓶威士忌抓過來了，「你杯子裡面的要先喝掉，再來才是純的喔，姓柳的來這裡都別想喝一口，我都讓他站在玄關那裡，反正他這輩子欠我的還不完了，你回去告訴他，我恨透了。」

男女之間的情事，何況又是藏在公寓裡的這種不倫，有什麼恨不恨的，本來不就是兩相情願的嗎？柳對她算是不錯了，三番兩次專程送錢又送禮，還被她罰站在門口。以柳的個性來說，這已超越他的極限，換了別的女人，即便是那麼年輕的柳太太，能在他面前這麼放肆嗎？恐怕早就沒有下次了。

「再喝一點，」她催促著，「這年份的威士忌很少有，聽說缺貨。」

我告訴她等一下還要開車，平常也很少喝酒，差不多醉了。

她突然開始笑，誇張得有點狂浪，整個上身莫名地往後躺，沙發背雖然把她咯咯笑的脖子暫且撐住，那最危險的開襟處果然全面鬆脫了，腰帶像蛇一樣滑溜到地毯上，胸前那兩袋垂奶突然非常惶恐地看著我。

「你醉了喔，那要不要進去躺一下？」她指著電視旁的房間說。

我搖搖頭告訴她，專櫃小姐剛剛教我怎麼泡咖啡，我來泡……。

「我現在不頭痛了，只是很寂寞，你真的不要進去躺一下？」

我把鈔票撿起來放在她看得到的角落，只希望她別再說了，繼續調她的酒至少還能把時間拖長。可惜調酒節目突然結束了，廣告後換成了教字。

今天的字是「海」，主持人說。

她坐起來把大腿掛上膝蓋，開襟裡那片風光總算稍稍收斂回來。我很想撿起帶子讓她綁緊，卻沒把握她站起來後又會不遮不掩地晃蕩著，只好一直看著螢幕上的「海」。海，海浪滔滔。海，海市蜃樓。海，人生苦海……。

她卻拿起遙控器把螢幕關掉了，「海有什麼好看的，就是海嘛，我們桌上這一大片也是海，海面這些還沒有喝完，繼續喝吧，喝完你就走，反正你和他是同夥的，他是不是叫你來應付我？回去跟他說啦，我不會放過他。」

「大姊，妳有什麼心事儘管說。」

「你說錯了，我怎麼會有心事？那是怨恨。你知不知道，我那死人本來在卡拉OK店上班好好的，結婚時二十八歲，長得又帥又勤快，每天大小夜班都是他全包，累得像什麼，就為了趕快存點錢買一間房子給我。那天晚上我等他等到天亮，打電話去店裡，警察接的電話，反而問我要找誰，還把我的名字抄下來。你想，這會有什麼好事嗎？」

「哦，那種地方常有客人鬧事……」

「聽說店裡打烊時，他去最後一個包廂要求買單，才發現沙發上男男女女已經躺成一片，唯一還沒醉的酒客拉著他，強迫他一起喝，喝完才願意背著那些朋友出門。我那死人就是這麼聽話，一邊喝還能一邊清桌面，結果沒喝多久就跟著發作了。警察趕到現場才發現已經死了兩個，其他的緊急送醫，身上驗出的毒品全都摻在那些酒桶裡。就這樣，後面的還要說嗎？」

「當然要說，聽了好緊張。」

「喔，你會緊張？我本來也認為進入司法程序後幹麼還要緊張，何況沒有的事怎麼會有呢？結果他被那些死不掉的富家子弟栽贓成藥頭兼毒販，沒多久檢察官就把他起訴了，送到法院就碰上了這個姓柳的。這樣還聽不懂嗎？姓柳的是瞎了眼的魔鬼，隨便一判就是死刑……。」

我本來只以為那是含含糊糊的酒話，這下子一陣寒意全冒上來。

原來在我面前猛喝著的，竟然就是二十年前那個死刑犯的遺孀。

難怪柳一直走不出來。怎麼走得出來？全身上下環繞著彷如死囚的糾纏。

「還有兩杯，快喝啊，至少喝一點看看……」

●

公寓那女人，我忘了問她的名字，姑且就叫她瑪麗吧，我寧願一直以為瑪麗就是柳的情婦，他們之間毫無其他的恩怨情仇。但顯然已不是，她放縱自己的痛苦，長期追討著柳的良心，柳這這輩子若不野蠻一點怎麼逃得了？

顯然他不想逃，老婆走了之後，唯一剩下的就是這個贖罪的途徑了。

我在床上躺了一整夜還等不到酒退，午後回來上班時以為走錯門，整個事務所悄然無聲，年輕律師們都開庭去了，總機小姐指指房間說柳一個人關在裡面。我拿出行程表再看一次，沒錯，再過兩天才有一個民事庭，其餘的私人活動都無緣無故被他推延了，這很異常，這個人怎麼突然靜得下來？

這些日子他一直沒有好心情。一個朋友酒駕被逮，拜託他處理反挨了一頓罵。前天三個助理一起離職。一個禮拜前他蒐集到的新事證不被庭上採納。房門外像是北國的冬天，大廳下著靜靜的雪，助理們經過走道時莫不小心翼翼，很怕突然被他叫進去亂罵一番。聽說今天早上也是一來就把門關上，中午有人送便當進去時發現他趴在桌上睡著了。

我甚至以為他會不會突然死掉了？

我敲敲門沒有回應，連敲了幾次後，像有一頭老牛正在裡面沉睡著，遲緩了許久才悶哼一大聲。我推門進去才發現他竟然正在練習倒立，兩個腳尖抖抖地貼著牆頭，那雙手硬撐著腦袋垂在地板上，滿臉都漲紅了，嘴裡咬著嘶嘶的聲音看似極度忍耐著，為了瞄我是誰只好吊起了一隻白眼。

公寓那個女的，我說，就叫她瑪麗吧，我和她喝了不少酒。繼續說。他顫抖著說。

「瑪麗說，人生沒有打不開的結，都已經那麼久的事了。」

「打結……也是她在打，這不是……屁話嗎？」

「錢拿給她了，她說對你非常感激。」

他竟然砰一聲摔下來，對著天花板說：「完了，她說的話都相反。」

我不敢再說了，倒是很想聽他親口說說那個死刑犯，卻又想到老穆交代我絕口不提，這有點麻煩，一直悶在心裡能怎麼幫他呢？這個瑪麗遲早又會來要錢，而我的房間裡那堆錢山已經崩塌得剩不到十萬塊。我只好改口說：「慈善活動最好停辦幾次，錢已不夠用了，同事們也都忙了好幾個禮拜沒休假，是不是等以後募到錢再說？」

「你是說那麼多錢……？」他從地板坐起來回到椅子上。

「連辦那幾場活動花太多，捐給教學醫院的又是一大筆。每張收據我都有留著，我本來還放了一本簽收簿在旁邊，拿多少就記多少，帳目才對得準。可是有時候你隨手一拿就亂掉了，我常常數錢數到半夜，只要發現有短少，剛好就是你自己開門進去的那一天。」

「那就是沒錢了嘛，不早說。我來想辦法，他媽的還有誰欠我？」

他應該思考的是那麼多錢剛進來，為什麼一下又不見了？來要錢的慈善單位本來就不嫌多，瑪麗更是個無底洞，一定要讓她繼續那樣糾纏下去嗎？

如果我是柳——當然不會那麼倒楣，但如果是，我才不會認命到底跟著那個悲劇走，因為再折騰下去只會更糟。最近一直沒有大案子進來，萬一他硬要動到錢的腦筋，那不就是無緣無故先去找人要求預付款，萬一淪落到這樣的景況就更危險了。

「瑪麗的事，我來想想辦法……，」

我說到一半，一通電話突然打進來。他只聽，一直沒說話，久久嗯一聲，久久再哼一聲，半晌後撂了幾句髒話就把電話掛斷了。

轉頭對我說：「快去開車，載我回家。」

我衝到地下室開車，等他坐定，不安地問著，「柳太太怎麼了？」

「你應該問那個瘋女人怎麼了。」

「瑪麗？」

「哼，你乾脆叫她巫婆。」

「她怎麼會找到家裡？」

「帶了一桶汽油來，好在沒下車，撞爛我的跑車就跑掉了。那天她到底說了什麼，你不是說她拿到錢非常感激？都是你在胡扯，等一下你自己來收拾。」

「我什麼都不知道，怎麼收拾？」

「幫我把文琦留住啊，她快要離家出走了，難道我請你來喊加油，你都不知道她膽小得要命嗎？等一下你不用說太多，只要編個故事讓她冷靜下來，不然一直哭哭啼啼真的會搬走的，你不會希望她搬走吧，看你以後還能去哪裡找到她？」

柳說得煞有其事，情緒反應又快又急，難道文琦經常這麼讓他緊張，一聽說要搬走馬上就趕回來了？既然這麼擔心，何故又把這種事推到我身上，如果我有能力留她下來，當初她何必還要離開？

車子直接開進巷子，巷子還是巷子，上次是濛濛的一片暗，此刻我才發現門口有個大盆栽，整個花台柱子包括盆栽都被那個瘋瑪麗撞斷了，柳的黃色跑車則像剛從墜崖的山谷撈上來，可見瑪麗喝了多少酒，那麼瘋狂衝進來顯然是不要命了。

柳開門後，文琦瑟縮著走到樓梯口了，驚慌地抓著柳的袖子，大概被那女人嚇壞了，根本認不出站在門口的我，何況我連呼吸都緊閉著，一直站在上次摸黑找鞋的門檻下，那沉痛的印象永遠也忘不了。

柳卻揚聲說：「妳看看誰來了，今天就讓主任來說清楚。」轉身走過來硬拉我上場，「來，你就告訴她實話。」

柳既然強調實話這兩字，我只好硬著頭皮開始說謊了。我說那女的，嗯，那個瑪麗，她就叫黃瑪麗。我說：「柳太太，這都是我的錯，這位黃瑪麗小姐曾經委託一個案子，是裡面的年輕律師承辦的，我忘了盯緊一點，結果在法院裡敗訴了。幾天後她說要找所長理論，可是那天所長剛好開庭關機，我聽到她大吼大叫，一時糊塗就把家裡的電話告訴她……。對不起，都是誤會，早知道她會這樣亂來，當時我叫她直接來事務所找我就好了。」

那張臉好憂愁。

她雖然聽著我說話，眼睛卻是避開了的，本來一臉驚慌，此刻慢慢回復了往日那張臉上的鎮靜與蒼白。我的出現讓她說不出話了。兩個男人站在她面前，一個現在一個過去，她靜靜不吭聲是對的，說任何一字或半句都不對，時空是這麼錯亂，三個人在這屋簷下能說什麼？我不知道柳為什麼突然要我跟著來，這樣的場合多荒謬，是為了讓她看看我有多狼狽嗎？

「妳應該去倒杯茶，好歹主任是專程來的。」

我說不用了。心裡又說了一次。真的不用了。

但我突然很想哭。已經那麼久了，我還弄不清楚他們兩人的關係為什麼如此撲朔迷離，既然不是夫妻，卻也不像父女，那究竟又是什麼？一個說要把她還給我，一個看到我卻像夢到了噩夢，沒有進展，沒有希望，我根本不應該出現在這種地方。

「好啦，主任是老實人，他怎麼會騙妳，我和那個黃瑪麗根本就不熟，神經病才這樣開著轟炸機。沒事了，我現在就叫人來拖車，順便把那些撞壞的掃乾淨，妳不用怕，今天晚上我會早一點回家。」

我識趣地退到門口。不，我直接往外走，走到路邊的車子把我擋下來。

車子開動後，柳的精神又來了，「你看她這麼單純又好騙，隨便說兩句就安心了，以前你是怎麼讓她離開的，想要愛一個人也不做做功課，活該現在只能從頭開始。不過你這黃瑪麗說得真好，哪來的靈感，說謊還能說得那麼誠懇……。你坦白說吧，黃瑪麗到底跟你說過什麼？我不相信她沒有提到我，是不是又要叫人把我殺了？」

「沒有，我在那裡兩個小時，她只顧喝酒。」

我隨口漫應後，車子裡靜下來。他大概知道我不想再說話，轉頭看著外面的車流，窗玻璃映著他落寞的側影，偶爾眨一下的小眼睛看起來很累了。

後來他準備下車時，我還是忍不住，總算說出了自己的感觸，我說：「我想起來了，那天我要離開時，她有談到你，她說，總有一天她會原諒，因為你沒有逃避，光是這樣她就知道你是一個很高尚的人。」

●

不管是對柳隱瞞或撒謊，其實都含有一種酸楚，只想多替他承擔。

黃瑪麗開車衝撞的部分，已明顯觸犯公共危險罪，柳卻不吭一聲，可見他的心思多麼煎熬。但我怎能放手不管，她那種恨意是不可能平息的，雖然我不知道以前她要過了多少錢，至少那天的二十萬是根本不看在眼裡的，下次再開口當然就更多了，幸好她還不知道柳的某些行徑，否則破壞力應該不只如此。

趁著手邊的事務還有空檔，我又悄悄爬上那間公寓，這次她卻不讓我進去了，開了鐵門卻隔著紗門，問我要做什麼，兩手掩在後面，我懷疑她畏罪心虛藏著一把菜刀或棍子，肯定這一趟不會再讓我喝醉。

我對著紗門內的臉孔說：「外面很不景氣，每個人手頭都很緊，現在開酒吧不見得妥當，連我們事務所這個月的薪水都發不出來了。」我想了一下，決定這樣說：「其實，一個人自己過日子還算比較容易，妳可以去學一點手藝，不見得要開店，像附近就有個老兵賣紅豆餅養了一家人……」

「喔，他逍遙過日子，你叫我去賣紅豆餅？」

她砰一聲關上鐵門，站在門板後哼哼地冷笑著，「你知不知道我還曾經開過三家委託行，說不定你媽媽還跟我買過絲襪呢。紅豆餅，還有呢？你今天是來串門子的嗎？」

我敲著門喊：「妳說那二十萬不夠用，那就先借我們週轉吧？」

這時她不再回應了。我貼著鐵門繼續站著，趁那腳步聲還沒走遠，告訴她說我會再來，來一百次還是會來，只想請求她原諒。我說，總有一天妳會原諒，他每天都在活受罪，並沒有過得比妳好……。

我說完下樓後並不覺得未來會更好，一切真是糟透了。

柳不在的事務所，六點不到員工們全都不見了人影，我只好自己開門，和往常一樣撿起門下的晚報，這一彎身卻還得了，閃入眼簾的竟然是文琦的蹤影。

在我出門後很快又回來的這段短暫時間裡，她悄悄來過了。

壁龕上擺著一只瘦瓶子，插著兩梗長長的青枝條，最前梢的花苞彷彿一秒前剛盛開，中段以下十來個綠苞則像眨著眼睛半開半闔，此外沒有其他的襯花，只有葉脈上滑亮的小水滴還沒溜下來。

素心蘭，向來就是我最喜愛的花，她趁我不在插了這樣的花。

然而她為什麼剛來就要走，前後只有一個小時。倘若她有事不得不匆忙，何故還要專程來，來是為了什麼，是柳不在才來的嗎，還是因為我快回來了才又匆匆地離開？

素心蘭。我在心裡吶喊著，頓時湧起一陣鼻酸。這款花好比就是我和她之間的情話，以前她買過幾個小芽苗，種在那間老屋搭接著鐵圍籬的半蔭處，半年後就是開了這種花，開花時青梗特別長，常常被她剪下來插在書桌上，前後問了我三次，一直要我記住它。

「不喜歡才會忘了它的名字。」

「我當然喜歡，一看就會記住的花。」

「太好了，那你再說一次嘛。」

「素心蘭。」

「嗯，也要記得喔，你要把我當作素心蘭。」

簡單，素雅，乾乾淨淨，遠看還能聞到香。

如今這是一種無聲的試探嗎？她想對我說些什麼，肯定是有，因為沙發桌上也有一盆對著我，新陶瓷配上了獨枝小品，清一色都是素心蘭，彷彿她把過去我們的歲月全都剪回來了，悄悄插在我一進來就看得到的地方。

這時我不禁又想起黃瑪麗那件事，文琦或許把我的話聽進去了，她已相信柳在外面沒有女人的糾紛，也沒有與人結怨，今天就是為了這件事來的，藉著素心蘭的記憶，她想要表達的是對我的感謝之情。

當然還有另一種可能，她不見得相信柳，卻已不再對我那麼恐懼了，而且還被我的謊言所打動，知道我不僅對她毫無怨言，還願意敞開胸懷為她著想，專程跑去家裡排解了她的煩憂。

無論屬於哪一種情愫，我想，最可貴的是她還沒遺忘這小小的共同記憶，哪怕她對我的愛已燒成灰燼，那灰燼中卻還殘留著類似這樣的一縷煙。我勢必應該為這一點點餘溫好好守護著，如同珍惜著深秋最後的一隻流螢，靜靜地看著牠飛舞，只要牠沒有離開這個黑漆漆的夜空。

不然，以我一直被她冷漠對待的處境來看，愛早就不存在了，我只能把它藏在夢裡，就算失去了卻又好像還在，如同那灰燼或那螢光。

何況分手以來，這還是第一次，我好像得到了她的讚美。

第六章

還沒出事之前，晴朗的天空看不到一片烏雲。

柳看起來落寞寡歡的時候，社會氣氛好像就特別祥和。前不久偶爾還有官員的貪瀆事件，殺劫擄掠的新聞也上過頭版，但自從他勤加練習倒立之後，社會治安似乎跟著變好了。當然，這是倒過來的說法。社會安定後，柳相對就少了幾個大戶上門，倒掛在牆上的時間就變長了，剛開始從頭到腳還會抖抖晃，練習次數增加後，身體一翻就能上牆，有時還刻意離牆三尺，誇口要我替他計時，免得他在中途睡著了。

黃瑪麗那邊暫且平靜了許多，而我變成了柳的代言人，探訪她的時間並不固定，通常都是他的眼皮突然又跳幾下，才臨時湊些錢要我趕快去跑一趟，「他媽的，今天的感覺不太妙，難道轟炸機又要衝過來了？」

柳在外面並沒有找到大筆錢，基金會的公益計畫繼續停擺著，倒是以前他和幾家孤兒院的定期之約依然照常，沒事時他還會親自出馬，除了和那些孩童們一起吃大餐，電影開演前還齊聚在戲院門口拍照留念，一個個都喊他柳爺爺，拍完照則立刻纏著柳姊姊去買可樂和爆米花。多事的記者有時就會打電話來求證，問的是柳姊姊到底是他的女兒呢，還是真的柳太太？

這段時間，事務所走掉了兩名年輕律師，柳沒有找人遞補進來，他親自接手那些曾經看不上眼的小案件，雖然每天幾乎都要上庭，加總起來卻不花他多少時間，閒來無事時他的房間甚至還會傳出剪指甲的聲音。

但我對眼前這暫時性的太平盛世反而不放心，總覺得這種平靜是在醞釀著暴風雨，就拿這幾天他的倒立動作來說，撐不多久突然就會下來，翻身而起馬上坐回他的書桌。桌上有一本筆記書，一攤開就動筆，可見那顆腦袋倒垂在地上時都在思考，寫完後果然又開始打電話聯絡了，好像有一道氣流即將擾動外面的天空。

今天開庭出來，他突然要我把車停在路邊，下車後把頭伸進了後車箱，隨手撈著裡面的雜物叨念著，「萬一需要帶著黃金珠寶逃難，你這些雜七雜八的廢物會毀掉你的前途。趕快把它們清理掉，這幾天我會用到這部車。」

「後車箱要坐人嗎？」

「差不多，難道我開這部車去載香蕉？」

他並不直說要做什麼用，倒是上了車又交代著，「你用過的東西全拿走，車子裡面最好不要有一粒灰塵。」

似乎還不放心，打開副駕駛座的置物箱，取出我最近裝訂成冊的活頁紙看了幾眼，「你藏這個什麼寶貝，我看也要收掉，別讓人知道你快四十歲了還在當學童。咦，難怪最近開車時嘴皮一直默默念，我還以為你又在對我不滿了，原來是在看這個，還沒死心啊？我倒是沒看過有人把那麼多書的目錄剪下來的，這要做什麼用，你用這一招未免太狠了吧？」

「這沒什麼，帶書不方便，我只好帶目錄，等紅燈時可以順便考考記憶，想不起來再回家查看一下內文。」

「那我挑個章節考考你，你要是說得出內容那才真是跌破眼鏡。」

他埋頭翻了五、六頁，死盯著沒吭聲，似乎還沒找到一章可以好好把我刁難。若我沒猜錯，他正好翻到了刑事訴訟法，第五個綱目，甚至第七小節。「唉唷，我的媽，」他驚呼著，指著標記在目錄上端的數字和日期，「這些符號是什麼鬼東西？你不會是把念過幾次也記錄下來吧，照這麼看，根本不用去報考啦，我來寫一封信推薦你去當司法院長。」

他的語氣向來誇張又好笑，卻也說穿了某部分的事實。

倘若明天早晨就要赴考，我想，以我這陣子如此反覆狂讀，像著魔那樣把過去、現在的時空完全貫穿起來的狀態來看，我將一馬當先贏得這次的考試勝利。

若以季節來說，去年秋天的果樹早已結實纍纍，春天過後我只要把它一顆顆摘下來收藏好就可以了。

柳並不知道，我悄悄押記下來的這些數字，譬如7或9，雖然只是意味著最近又重讀了幾遍，卻未嘗不是過去的悲傷所累積下來的，使得我只要闔上眼，文琦當年每天半夜陪著我煎熬的身影馬上又會出現在眼前。

「好吧，我也不要潑你冷水了，打鐵就趁熱，你要是真考上，記得我也有一份功勞。明天開始你就不要再打卡下班，沒事就去忙你的，碰到有什麼法條、案例搞不清楚的隨時都來問我。」

然後他在一家酒館前下車。客人還沒到，他走進去又走出來，頻頻打電話又看錶，亮晃晃的門口還沒有一盞燈，顯然今天的聚會又來早了。

蟄伏了那麼久，這次他突然這麼神祕兮兮，難怪我愈想愈懷疑。

第二天我就把車子整理乾淨了，包括他特別交代的後車箱。

我頻頻上網查看有什麼蛛絲馬跡，即時新聞沒有大新聞，那些司法改革的口號還在喊，除此之外沒有哪個法律案件特別聳動，根本找不到柳突然摩拳擦掌的理由。

他卻不那麼勤快掛在牆上了，時間都花在平常不太注意的報紙媒體，那些有關司改會的評論看不上眼，反而小小的春安演習特別吸引他，讀到治安會報新聞時甚且戴上老花眼鏡仔細瞧，嫌它報導太過簡略，親自打電話到警局找了一個朋友，問的都是一些雞毛蒜皮：

為什麼突然要擴大臨檢，最近又要抓毒嗎？

全面性路檢和酒測？那麼狠，那喝一點小酒不就完蛋？

喔，還要配合掃黑，哈哈，這下子你們要累慘了……。

他貼著話筒，語氣漫不經心，兩眼卻炯炯地對著牆，話題愈說愈小，連實施路檢的地段都聊上了，幾點到幾點，連續執行幾天，規模那麼大啊……。掛上電話後竟然露出了隱隱壓不住的興奮，馬上把剛才聽到的寫進筆記裡，像要去旅行，畫上路段還標註了時間，只差沒有把一本旅遊大全照抄一遍。

我覺得這太不像他了。但我提醒他，「這台車最近越開越遲鈍，催油到一半甚至還有可能拋錨，你走巷子慢慢開反而比較安全，絕對不會碰到路檢，警車總不可能堵在巷子裡妨礙交通。」

他瞧我一眼，哼一聲後沒回答，反而突然要我騰出下午的時間，「你記不記得那一家茶餐廳，最近改成了茶藝館，我還有一瓶好酒寄在那裡，不如今天我們去把它喝掉，你心裡的那件事也應該談一談了。」

「考試的事？」

「當然是文琦的事。」他說。

「上次你已經說過了。」

「喔，難道你不想多知道一些？」

我當然很想知道為什麼，為什麼她要離開？總有一個更明確的說法，還有什麼事讓我如此悲傷？我看著他，眼裡像要起霧了，他轉身當沒看見，約我下午三點見，說完就出去了。

老穆卻在這時走了進來，一個月前他被發現罹患了癌症開始做化療，臉上已經鬆垮了許多，嗓子也變得乾乾細細，說起柳的事情竟然像在哀悼，「我看不太對了，你有沒有注意他最近都是單獨行動，這次可能玩更大，你最好跟緊一點。」

「有可能是哪個案子？」

「以前他多少會透露一點，這次怎麼問都說沒有，我看就是有，而且案情規模可能超出想像。我想來想去就只有去年那件公共工程弊案，那個部長被羈押的期限剛好最近快滿了，馬上又要再開一次羈押庭。你也知道，人被關久了還有什麼耐心，外面的就怕他會低頭認罪，到時雪球越滾越大，誰都逃不了。我猜最近和他接頭的就是做工程的那批人，如果我猜得沒錯，他們會不計代價把人弄出來，否則大家一起遭殃。」

「他只說這幾天隨時要用這部車，交代我要整理乾淨，其他沒說什麼要幫忙的，而且我已經把鑰匙交給他了。」

「這我當然知道，你騎了兩天的摩托車我都看到了。問題就在這裡，就算要送錢，以前都是交給你處理，這次他為什麼要親自出馬？」

「往好的方面想，他比我精明，當然想要自己來。」

「往壞的方面想呢？」

「大概沒有更壞的吧，應該和以前的做法差不多。」

「不要大意，我懷疑他這次是要故意落網。」

「故意？絕不可能，他連警界都打聽清楚了，就是要避開路檢。」

「你還記得我說過的那本行賄手冊嗎？說不定他擔心證據力不夠，拿出來後反而被上面的吃掉了，除非他讓自己先出事，把新聞鬧大，那些黑名單拿出來才會成為焦點……」

「你說他會專挑有警察的路段開車，然後被攔下來？」

「不然他在打聽什麼？要躲警察還不簡單。」

老穆後來說，如果他堅持不讓你去，那就是真的了。

●

茶餐廳改裝的茶藝館，打掉了右側的舊房子，挖了一大片池水繞進茶館的後方，原來的側牆變成一條走道，坐在廊下剛好可以臨著水喝茶。有人站在水草邊丟著薄餅屑，一群錦鯉撲打著水花衝上來，電子音樂裡的古箏噹一聲迴繞在慵懶的庭院裡。

柳進來時先在櫃檯取出他的酒，新的茶館沒有酒杯，他竟然要來了兩個茶碗，一倒就是半碗，兩手捧著先喝一口，咂著嘴說：「真的好，白蘭地放久了就是不一樣。」

又啜了一口。「來吧，言歸正傳。文琦的事我不是故意要瞞你，是覺得時機未到，只好拖到現在不得不說。我帶她來這裡吃過飯，那時候的餐廳有一道炒鱔糊，她最愛這道菜，白飯一口氣就吃完了，還不用配湯。」

他看我沒接腔，又說起另一道清炒蝦仁，「我不知道她的胃口那麼好，每樣菜好像都沒吃過，吃剩一點點也堅持要打包。烈酒也敢喝，喝完卻開始掉眼淚，我勸不住她，只好和她換位子，讓她自己對著牆。我說的這些你當然都不知道。你們當時是怎麼相處的，你是不是只顧著念書，而她把自己藏起來，每天晚上她的世界就剩下你書桌上的那盞燈。她最怕的也是那盞燈，聽說整間房子到處都是暗影，嚇得她每天晚上都作夢，夢到的也都是以前那些噩夢。其實你應該感到安慰才對，以她的情況，能和你住了一年多，對她來說不容易了。」

我不喜歡這樣被他談論，聽起來我簡直像個局外人。

但他一開始就說了這些，竟然沒有一項是我知道的。

這麼說來，住在那間老房子裡的文琦，每天都在忍耐，只是沒有說出來？我只知道她怕黑，無法關燈睡覺，端茶過來時就是停在那些暗影裡，我以為她是要讓我專心不想打擾，原來那都是因為害怕。那麼，只有什麼時刻她才不害怕？當她談到法律時那副滔滔不絕的模樣，當她載著我衝入雨中趕往放榜會場，那時她最勇敢了，而且是不顧一切的勇敢。除此之外，她竟然完全沒有一點安全感？

「你們是怎麼分開的，我當然也知道。大半夜帶著行李來敲門，說她沒地方住，要我讓她借宿幾天。嗯，不就是剛從香港回來的那天晚上嗎？本來還非常開心，知道你在家裡等她，沒想到突然又不一樣了。小老弟，你可能還沒辦法體會生命中那種一瞬間的崩潰是什麼？香港那種海灣的燈光是一望無際的，和她回來走進黑暗的世界剛好強烈對比，我這樣說你聽得懂嗎？悲傷來的時候往往就是那樣一瞬間，明明已經準備好就要走進來了，偏偏就是突然走不進來。」

「她要走的時候並沒有告訴我這些。」

「那種恐懼是很難說出來的吧，否則還需要痛哭嗎？就只能哭而已，一路哭到我那裡，行李拿到樓上還在哭，問她發生什麼事都不說。我也是後來慢慢才知道，她不是不愛你，是害怕愛得更深以後那種孤單會纏她一輩子，就像每天晚上的那盞燈，永遠照不到她的生命。」

爐子裡的水滾了又滾，我光聽他說話已忘了泡茶，而他的酒喝得特別快，滿臉都是白蘭地的酡紅。我原本以為這種午後時光應該很悠閒，他會慢慢說著文琦的故事，就像拿出幾張撲克牌讓我慢慢瞄著看，而不是直接把整副牌攤開在桌上。

既然說到了我的痛處，我只好等他說得更清楚，關於她的內心，那最難解的悲傷到底是在哪裡，我怎麼都不知道？我感到非常羞恥，愛她愛到現在，愛到死去活來的現在，竟然從來沒有愛過她的悲傷。我只記得第一次約會時她是那樣的手足無措，只有談到工作才會稍稍露出臉上的神采，如果我所愛的就只是那一半的文琦，那麼，另外一半的文琦到底是在哪裡？

我說著內心的疑問，置上一杯茶給他，聽著他這麼回答，「她雖然待過很多家事務所，我卻是她的第一個老闆，這件事老穆大概都讓你知道了。這幾年來，她只要有什麼事都會打電話回來說，生病也說，碰到挫折也說，甚至吃了藥死到一半還是我叫救護車把她救回來的。好了，越說越遠，你想知道另外一半的文琦在哪裡，這就牽涉到她整個的故事了，暫時不要吧。我約你來這裡是要把話說清楚，你不能退縮，多給她一些時間，真的要慢慢來。你看外面都說她是柳太太，我反駁過一句話嗎？一個人知道自己在做什麼最重要，這點你的個性應該是和我一樣的，文琦能遇到你算是她的福氣，簡直就是用她自己的悲劇換來的補償……。」

這時他接了一通電話，哦哦哦地應著，突然低頭避開了我的眼睛，換成一連聲的嗯，嗯，嗯，邊說著竟然拿起碗裡的殘酒潑進了池中，那群鯉魚聞訊衝上來撲空後才又擺擺尾游走了。他說完電話已準備起身了，「怎麼辦，突然有要緊的事，說不完了，下輩子再說吧。剛才我說的記住了就好，好好保護她，別以為她故意躲得遠遠的，她只是不要你受到傷害。」

我沒聽懂，突然聽不懂了。但我更訝異他莫名其妙說了「下輩子」？我馬上想到的就是老穆的預言，如果他真的要自投羅網，那或許就是今晚吧？難怪那麼匆忙，每句話聽起來像在交代遺言，而整個下午他就是等著這通神祕電話，電話說完了，果然他現在站起來了。

「我跟你去。」我不安地說。

「去哪裡？根本沒你的事。我只幫到這裡，以後你自己把她顧好。」

「總要有人替你壯膽，換我來開那台跑車，你跟在我後面。」

「這要做什麼，是要和我去遊街嗎？」

「警察把我攔下來的時候，你繼續往前開，一點事都沒有。」

「這多麻煩，難道我看到警察不會閃？」

「就怕你不閃……。我來開前導車，整個過程會比較完美。」

什麼完美？他愣了一下，把完美兩個字咬在嘴裡似地，笑著走開了。

我喊著他的背影說：「我在前面開車，你才不會被懷疑自導自演。」

●

就因為我說了那句話，竟然奏效了，柳真的開來跑車和我對換。

兩台車先在一棟辦公大樓後面會合，然後我看著他把白色豐田開進大樓的地下室，有人約他在編號46的車位上取款。他雖然不讓我知道那有多少錢，但十來分鐘後我就明白了，當他又從車道上鑽出來時，後面那兩個輪子幾乎沉陷了半公分，可見整個後車箱全都塞滿了。

我從跑車裡跳下來，鑽進他的白色豐田副駕駛座，像個教練在出發前惡補他一堂臨場的叮嚀。我說：「我的車速會保持在四十左右，只要遇到閃黃燈就會停下來，而且不管前面路況怎樣都不會超車。反正你就是要緊跟在我後面，間距控制在三公尺以內，不要讓外車有空隙插進來。」

他這時的神情雖已不那麼輕鬆自在，卻刻意顯得漫不經心。

「哈哈，你把我當菜鳥學員在教路考。你說的這個車速是要開多久才能到達？不如我在前面讓你欣賞一下什麼叫甩尾，以前我參加賽車時你可能還不會騎腳踏車吧。好啦，就算答應你，但你也要尊重我的路線，你要是無緣無故繞進小巷子，我是不可能跟著你轉彎的，反正就是照著大路直走就對了。」

「好，現在你可以說了，我們要去哪裡？」

那當然，他說。他掏出口袋裡的紙條，我一看就知道更不妙，送錢的地點就算用龜速慢慢爬，最多也不會超過半小時，他卻費盡心思打聽了所有的路檢地段，可見老穆擔憂的好像都是真的了。

但我們已經出發了。擋風玻璃外無風也無雨，也沒有任何形跡可疑的人與車，雖然可以暢行無阻，柳總算願意乖乖跟在我後面，他的車頭甚至還快要貼上我的保險桿，可見他只是平常愛說大話吧，誰到了懸崖還不怕那底下就是有去無回的深淵？

十分鐘後穿過大橋右轉就是雙線道了，沿途的風鈴木植滿了一整排路中島，開到一半時果然遠遠就看見了好幾部警車的紅藍燈閃爍在前方，這和柳記錄下來的定點竟然相距不到半尺。我從後視鏡裡盯著他的車，他這時還能保持著先前那股莫名的興奮嗎？恐怕臨死的瞬間還是會躊躇下來才對。其實現在他還有機會思考，我可以停車讓他抽根煙，想想事務所那麼多人還得靠他領隊，所有的司法敗類也不可能一次殲滅得完，他們遍布在黑暗角落就好比害蟲深藏在土壤中，沒有全面掃蕩一遍，光靠他一人怎麼可能全數滅絕？

暫停下來還有個意義，這是我最後的機會，不能再等他下輩子了，我想聽他把話說完，為什麼文琦總有那麼多的恐懼，那所謂「一瞬間的崩潰」到底是什麼，愛不能化解嗎？既然是那麼脆弱的愛，如果下一秒鐘我突然被捕，多年後的文琦更不可能願意等我回來。那麼，我懷著被她拋棄的痛苦，一路走到現在，連今晚這條路也走上了，為的是什麼，無非就是想要知道還有沒有其他的答案。她的離開不可能只因為落榜，也不會是一盞孤燈就能使她那樣，總有什麼欠缺還沒說出來吧，總有個可以釋懷的說法讓我安心做一個人吧？否則我如何忍受那天黃昏她蹲在門外的哭泣，那幾乎就是一個男人永生難忘的羞恥，我如何帶著這種羞恥走進明天的牢房？

可是好像來不及了。行進中的車子已經沒有機會停下來，那些警戒燈越來越近，左右兩側也看不到岔路可以逃，我只能像是掉入命運的羅網那樣慢慢地往前移近……。

果然那些螢光棒指著我了，兩個警察揮舞著紅旗，緊接著哨聲大作。

慶幸的是，我緩緩停靠在路肩時，柳的車像夜豹那樣一縱身開走了。

●

為了避免驚擾到柳太太，哦，為了讓文琦感到安心，我決定不把跑車停放她家，直接開回到基金會裡藏起來。所謂藏起來不過就是在車上覆蓋一層黑罩，車子本身並不是贓物，何況也沒有運載任何錢財，有罪的部分頂多就是我的意念和行為——柳要去地獄，我臨門踹上一腳，充其量就是讓他的地獄之門暫時打不開罷了。

如果司法是公正的，我想我會被原諒。然而司法的深度還不到這裡，它不會原諒我，不會理解我為什麼徘徊在這樣黑白不明的狹路上。若要依法論罪，我有罪也似無罪；若要衡量我的處境再來懲罰，則我似乎不應該受到懲罰，因為愛本身無罪，愛的質地清晰透明，沒辦法隱藏快樂或悲哀或任何傷痕。

房間裡燠熱，粉牆下滴著水，桌曆上圈著我用紅筆提醒的考試日期。

時間還不太晚，和我預定晚歸的行程差一大截，可見這一趟冒險比想像中完美，他們逐一盤查我的駕照身分證和行李箱，一個員警還刻意問我要去哪裡，聽完我平靜正常的回答後，略掉了酒測程序而直接把我放行。

而柳當然如我預期過了關，他只要再穿過兩個紅綠燈就能順利抵達。

我已極度疲累，書上的目錄全都變成亂字，兩眼一闔上就睡著了。

然而凌晨兩點過後，卻有一通電話連續響起，掛掉後重打，然後再掛掉再重打。我接起來聽，電話裡竟然是女人的聲音。竟然就是文琦的聲音。她當然沒有自稱她是文琦，但也不說她是柳太太，這使我有些猶豫，我不敢叫她，只能在這要命的時刻聽著她以柳太太的聲音說，柳律師一直到現在還沒有回家。

「平常再晚他也會打電話回家。」

「妳問過他所有的朋友嗎？」

「都問過了，現在只好問你。」

「遲早他會回去的，也許只是喝了酒……」

「聽他說過，今天晚上他和你一起出去。」

「嗯，他沒事，是我自己先回來。」

然後我聽著她在無助的焦慮中掛上了電話。

隔不久卻又是徐律師和蔡律師相繼打來，他們認為事態嚴重，因為柳太太從來不在半夜裡打電話找人。

「你的號碼是我給她的，我看她急哭了。」蔡律師說。

我打電話到平常他可能停留的幾個去處，確定音訊全無後馬上奪門而出。他常去的幾家酒店幾乎都在這個時間送客打烊，媽媽桑們一致搖頭沒有看到人，一個泊車小弟脫下了制服把外面的看板燈關掉了。

我後來還能想到的就只剩下那個黃瑪麗，跑到公寓樓下請管理員讓我和她通話，她告訴我說差不多一百年沒有見到他了。

「那妳也幫我想想看，還有沒有他可能會去的地方？」

「你要不要上來坐一下，我慢慢想……。」

我只好趕到事務所，柳的房間沒有上鎖，桌上的記事本也沒有留下不尋常的訊息，其中幾個行程還是根據我的交代抄下來的，至於他自己附註在旁邊的一些人物名號種種，其實我都一個個打去問過了。

我不得不回想幾個小時前他揚長而去的身影，那真的是非常驚險的瞬間，倘若他沒有緊跟在後，被擋下來的很可能就是他。那麼，他應該早就沒事了才對，他也許只是和我一樣疲累而已，因此他辦完事就把車開進了小旅館，打算在那隱密之處稍喘一口氣，結果一瞇上眼就睡著了……？

我沒有回電話給文琦。五點過後，其實天將亮了，我拖著一身疲憊爬回家，卻又恍然不知身在何處，唯一能做的就是每五分鐘撥一次柳的手機，畢竟該找的地方都找過了。

我躺在床上根本毫無睡意，也想像得到這個時候的文琦當然也一樣輾轉難眠，她好不容易穿上了柳太太的外衣才得到安歇，萬一事情發生了，豈不是還要再次面對更難招架的恐懼陰影？一種不祥的感覺似乎正在醞釀成形中，天知道我們都在共同等待著柳的消息。「我們」？啊，好久沒有我們了，我們竟然在一個蠢蠢欲動的悲劇中會合了，難道這一切都是柳在引領？

天亮後，突然傳來了消息。

柳被捕了。

●

事務所門口，兩名便衣警察把我攔下，我說我是來上班的，他們才放我進來。上午還不到八點，律師已到了三個，聽到消息趕來的助理有的嚇哭了，一群穿著短背心的檢調人員正在翻找資料，柳的房間裡一捆捆文件被抬出來貼上了封條。

徐律師說，柳是漏夜被移送的，他接獲通知趕到那裡時，柳從頭到尾不發一語，除了拒絕夜間偵訊，兩眼緊閉，稀疏的頭髮一夜泛白。

我悄聲問他是在哪裡被逮捕的，他說加油站。

「聽說昨天晚上你和他一起出門？」

嗯。我說不出來的是，警察把我攔住的下一站，正就是加油站。

也就是說，他雖然揚長而去，卻是做給我看的，下一站他停了下來。

「最麻煩的是他早就被監聽兩個月，恐怕涉案範圍撇不清。」徐律師說完開始嘀咕著：洗錢防治法、金融交易法、貪汙治罪條例……。

我把他拉到旁邊，「小聲一點，你能不能去打聽看看，是不是和部長那件貪瀆案有關，聽說最近就要開庭。」

「難怪那麼大手筆……」

「你說車子裡？」

「整整兩千萬，兩個警察一邊扛一邊罵。」

指揮搜索的走過來了，拿著準備帶走的帳冊清單要求簽名。「這裡可以負責的人是哪一位？」

徐律師沒吭聲，甚至後退一步，看來他不想沾上麻煩。

我也不知道如何是好，畢竟只是個小小的主任。但這時候，這時我看見文琦突然走進來了，她掩著臉閃避著記者的推擠，那些鎂光燈由下而上捕捉著她，使她急著想要撲到親人的懷抱裡似地，朝著我這邊跑了過來。

因此，在這突然使我感到安慰的一刻，我不僅在那張清單上簽了字，還相當盡責地回答了幾個配合調查的問題。

文琦並沒有想像中那樣哭紅了眼睛，但她滿臉的憂懼還是令我心疼，我很想讓她知道我已盡力了，很多明知有罪的任務都是我在承擔，在這方面我是忠誠的，只可惜這樣的忠誠還是擋不住柳的一意孤行。

我沒有機會對她多做解釋，只能交代其他律師把她帶去隱密的房間，有什麼困惑都讓她問，回答的語氣不要使她絕望，可以的話也讓她哭，等她不再那麼害怕時再談其他事情。然後我叫助理們別再東張西望了，整棟辦公大樓的閒雜人都下來了，記者也還沒走，最好趕快把空蕩蕩的位子坐滿，再怎麼說我們這裡還是名正言順的法律事務所。

我一直等到搜索接近尾聲，把那些死不說話的檢調送走後，電梯裡突然緩緩走出一個人，拿著點滴架充當拐杖，另一隻手貼著紗布和針頭。我從他的帽緣下瞧出那就是老穆日漸黯淡的眼神時，他的臉上已經老淚縱橫。

「你每天要盯著看，不要自亂陣腳，先把承辦中的案子照進度走完，別理會接下來那些莫名其妙的栽贓。雖然這是他自己造成的，但接下來的劇本會有很多人替他亂寫，所以你千萬不要離開，很多事都需要你幫忙。」

我頻頻點頭聽著他的交代，這時文琦已從會議室走了出來。

我們一直見不到柳。

檢察官聲押的速度快得出奇，彷彿急著把柳送進靶場，法院因而早早開了羈押庭。半夜裡滿城下著雨，我陪著文琦站在庭外等待，她帶著會計臨時籌措來的，加上她從家裡找到的現金，總共兩百四十萬；基金會則毫無貢獻，我那房間裡鋪在地板上的只剩下兩張舊報紙。

一個女記者躲在樹下撐著傘還沒走，她跑過來探頭探腦表示關切，看到我們裝錢用的只是個小提袋，笑著說交保金哪有這麼少，汙來的尾數還不止這些，不如叫法院無條件放人算了，說完後咯咯笑了兩聲，聳聳肩走開了。

凌晨過後的羈押庭，最後裁定收押禁見。

文琦並沒有哭。啊，我不確定她有沒有哭。她被女記者羞辱一番後，一轉身戴上了口罩，臉上那唯一剩下的眼睛就只有濛著雨水，我不確定一個口罩能掩飾多少淚水。

我叫了一部計程車讓她回家休息，她以為我要坐進去，移身到車窗旁禮讓著，這時我已替她關上了車門。柳雖然暫時不在了，她還是應該先回家，這個分際我還懂，何況柳交代我要慢慢來，多給她一些時間。我只能暗暗為她心疼，眼睜睜看著她去承受突然來到的孤單。我雖然沒有家，至少知道沒有人等我，不像她就算回到了家卻已經找不到任何人。

緊接下來的幾天還是見不到柳，應訊時僅有徐律師一人陪同，整個事務所每天就等著他回來透露一些訊息。他說案情可能會愈滾愈大，「檢察官故意問一堆懸案，沒想到他隨便聽聽就招供，我急得直喊停，他卻一直猛敲頭，叫我別管了。」

幾家報紙登出一張犯案表，各自估計柳的刑期，最高喊到兩百年。

有關錢的部分，報紙沒有預測併科多少罰金，而是直接倡議沒收財產。根據他們的見解，柳這幾年光是行賄金額早就破億，依此判斷，他從中牟利的部分至少等同那樣的金額。

就我所知，沒有一塊錢進入柳的口袋。錢的去路除了直接大筆捐獻，我所知道的至少就是燒錢的基金會和那個黃瑪麗，基金會當然花掉了不少，黃瑪麗的部分則無從估算，柳對她的捐注少說已有十年，大概就是散盡家財後才不得不掛上了律師的招牌。他這種自我贖罪的意志多麼可怕，住的是那種躲在巷子裡的四米老洋房，參加婚喪喜慶都是同一套黑西裝，而整個社會卻像組成一個軍隊攻打他，似乎只要把他關進牢裡，所有的黑暗就能隨著那道鐵柵和他鎖在一起。

我一直守在事務所，每天來的都是料想不到的人，有的要撤回最近的委託案，也有人把常年法律顧問證書退了回來，竟然也有個婦人一進門就哭，說她和夫家的遺產訴訟已快宣判了，法院會不會因為你們的醜聞而改判啊？

事務所雖然每天照常開門，卻像一間破廟斷了香火，除了徐律師留下來為柳辯護，其他幾個都在等著手邊的案子審結後就要離開。助理們則一個個跑光了，辭職理由大多是家務因素，只有剛來不久的小莉多寫了幾個字，說她要去某個山下賣水果，那種高海拔的地方應該會乾淨許多。

又過了一個多月，事務所開始鬧空城，一些瑣碎事務都還需要聯繫，卻已找不到人可以接聽電話幫忙應急，連徐律師也因為檢調逐步收網，藉著他父親身體欠佳而提早開溜了。

亂哄哄的司法案件就像七月普渡，迎神送鬼熱鬧一陣後慢慢歸於沉寂，我彷彿處在塵土飛揚的烈陽下不知何去何從，也不知道所謂的司法是否就因為柳帶走了所有的罪，其他一切的不公不義從此得到了赦免。

在這一連串充滿著荒謬的日子裡，卻也有個意想不到的日子，文琦突然出現了。她開始每天來上班，一個人默默守在櫃檯的電話旁，那應該是悲傷過後的平靜，甚至已經轉變為一種喜悅的心情，突然相當熟練地拉高了每通電話應答的尾音。柳律師事務所您好。那突然悅耳起來的聲音尤其顯現在最後那個「好」字，用她柔美的語調輕輕往上勾，不好也得好，連唇角也跟著上揚了，連我心裡的愁苦也跟著那些聲音像船一樣漂蕩起來。

●

我只等著想要見到柳，沒有什麼好說的也要說，至少讓他知道黃瑪麗不再麻煩我們了，她看到報導後恐怕會很寂寞，畢竟她已從此失去了一個讓她汙辱的人。再來我也很想告訴他，文琦還在喔，每天都來上班接電話，只要打電話進來的人都能和她說話，只有我不能和她說，因為我沒有打電話，你交代我要慢慢來……。

而且你說要多給她一些時間。我每天給她完全不受干擾的時間。她本來沒有自己的位子，現在到處都是她的位子。她接完電話後有時會坐回到窗邊那間會客室裡，那裡看得到側面的我，但她選擇不看而托著臉凝望著大街。有時她也會去坐坐已經不在的那幾個律師的旋轉椅，順便瀏覽牆面上那些組織章程表或法律和正義的標語，直到一通電話又響起，這時她不見得會馬上接聽，而是寧願多跑幾步，回到櫃檯後才把話筒拿起來。

她這小小的舉動非常可愛，因為如果離我太近接聽電話，有點像是在和我對談，而這是她暫時做不到的親密，也可能違背了你教她要慢慢來的規矩。你一定認為我們現在克制得十分好笑，但我覺得這樣已經很好了，感情這種事馬上要回到過去真的很難，以前我們脫衣服都非常快，但畢竟已經穿回來了，現在彼此穿著衣服反而容易想起往日的那些親暱是多麼羞恥。

我最擔心的不是訪客，而是打進來的電話愈來愈少了，明顯入秋的氣息瀰漫在偌大的事務所裡，玻璃門偶爾會自動打開，沒有人站在那裡，等到又關上時才突然溜進一股秋風般的冷清。這樣的日子裡，我養成一種習慣，會在上午十點和午後三點打開固定頻道的電台音樂，聲音調到她聽得見的輕微，但有時她突然消失在儲藏室後面那邊很久很久，我不方便去找她卻又擔心四周太過寂靜，只好期待著主持人賣藥時把各種藥效說得誇張大聲些。

有時她不在是因為坐在你的房間，柳你當然不知道那兩盆棕櫚樹已經被她澆活了，她也整理過玻璃櫃裡的書冊和那幾卷宣紙和硯台，你練習倒立留在牆上的鞋印也被她擦乾淨了，她大概以為你會回來所以時不時就撣撣沙發上的灰塵。表面上她好像只對你偏袒，像個女兒懷念著父親，反而好像沒為我做過類似的桌面整理。但你相信嗎？她曾經趁我不注意放了幾個綠茶包在我桌上，也有一次為我擦拭了小小的水晶球，我就為了這麼微小的發現而驚心動魄，一整天期待著她會有什麼召喚而遲遲不敢換上拖鞋。

我唯一可以出去喘口氣的已不是法院，而是每天中午去買兩個便當。以前她喜歡吃的是糖醋排骨飯，但如今我已不能替她作主，而開口問她卻又是一門學問，因為至少必須用到「妳」這個字。我雖然不覺得說出「妳」會有多難，問題是這個「妳」不應該那麼廉價用在便當上，至少要用在「妳」想看電影嗎？或「妳」下班要不要搭我的便車回家？

「妳」當然可以拉近距離，但誰知道一說出來不會有去無回。

我後來採取的方法就是在櫃檯附近打電話訂便當，譬如說老闆娘我今天要一個滷肉便當和一個……，這時她就會很有默契地把她想要的說出來，然後我便懷著她的託付衝出去，且在後來拿到便當時一路雀躍著跑回來。

這一天卻有了些變化，由於事務所的帳戶陸續遭到法院凍結，我只好拿零用金去繳水電費，辦完事已近中午，我順路來到便當店門口，問題就來了，因為不知道她今天要的是什麼口味？我猶豫了很久，很久很久，一直想著該不該打電話，何況也不知道要怎麼開口問她。

我的生命中好像很久很久沒有和她如此親近卻又那麼遙遠了。

我最後竟然還是沒有打出那通電話。

我們曾經那麼裸裎相擁，在那老房子裡度過了多少個溫存時光，如今卻為著一個便當而困頓在路上，多麼脆弱的愛，並沒有發生過什麼事，我們只不過被那片悲哀的晚霞拆散罷了。

後來，柳，你聽聽看：我自作主張，買了她最愛的糖醋排骨便當。

我回來後和平常一樣，把她的便當和筷子擺在會客室的桌上，然後擦乾淨她的椅子，並且為她稍稍打開雨後的小窗。她就算不在你的房間裡，也可能就在檔案室或那些邊櫃旁，反正我們所剩無幾的默契大概就是空腹時的飢餓感，時間一到她自然就會走過來，像飛出去的小鳥回來停在一碟穀粒上。

然後，我坐回到自己的位子。今天我吃的是米粉便當。

炒米粉通常都是一起圍著桌子比較好吃，很少有人單獨吃著便當裡的炒米粉。短短的米粉裝在紙盒裡，我只好拿著筷子慢慢撈，可是撈起來就滑掉了。難怪就是炒米粉嘛。我併起筷子想著要怎麼撈才吃得上一大口，這時她果然走到會客室裡坐下來了。她慢慢打開了紙盒，慢慢地……，大概就是那些糖醋排骨的緣故吧，竟然小小聲哭了起來。

●

第二天，文琦卻不再來了。

上午沒有來。下午沒有來。我拉下鐵門時外面全都黑了。

經過一陣空等待後，我能想到的就只有那個太過魯莽的糖醋排骨便當。當時站在便當店門口猶豫著就非常不應該了，以為光那幾塊排骨就能為我喚醒她的記憶嗎？果然把她嚇跑了。

當然她也可能是在調適著自己的羞赧和喜悅，過一天就好了。

我等到第三天和第四天後，才發覺窗外的暮色逐漸變短了，是那種黃昏一來很快就會沉下去的夜晚，使得下班回去的路上又開始瀰漫著不知如何是好的悲哀。

回想這陣子以來，我和她距離最近的時刻就是等待羈押裁定的那天凌晨，那時她都聽我的，要她別哭真的沒有哭，要她躲開記者她也照做了。我還幫她撐著傘，用柳說過的那句話來告訴她：「別走太開，妳會遮不到傘。」而她真的依偎了過來，雨下得很大的緣故，她的左肩和手肘頻頻碰觸著我的身體，像要緊緊貼靠過來卻又彆扭地閃開。其實在那當下以及那麼淒清的夜色裡，倘若我果斷地摟住她，我想我會被當時的悲傷氣氛所原諒，可惜我錯過了。

我一直等到收垃圾的歐巴桑表明第二天不會再來，而房租到期日也逐漸逼近，只好硬著頭皮直接跑去她家，只想問她有關辦公室續租的問題，再拖下去連門廳外的招牌都要被房東拆下來了。

我按了門鈴等待著，這次卻不用等太久，一個鄰居阿伯牽著腳踏車正要出門，他叫我別按了，「一個被關，一個搬走了，你要找的是哪一個？」

「我要找柳太太。」

「她搬走了啊，你自己看。」

他嘟著嘴巴要我看牆，牆上的門和窗口四周貼著法院的封條。

他瞧我一臉驚愕，又指著門下的信件和報紙，跨上腳踏車走掉了。

我騎著摩托車在巷子外繞了很久，身上冒著冷汗，騎到無路可走的時候停下來打電話，路燈一盞盞亮了，天色愈來愈黯淡下來。

我還是每天在固定時間去把事務所的鐵門打開，電話聲本來就很寥落，後來甚至完全不響了。送報紙的提早了幾天來結帳，賣羊奶的聽到風聲也來領走了尾款，房租到期前的最後幾天，一個人影都沒有，我捲起袖子開始打掃，辦公桌椅全部搬空後的事務所煥然一新，彷彿都沒有人來過。

所有的雜物包括垃圾全都清理乾淨後，剛好遇到房東帶著承租客來看房，我等著他們一群人看完離開，關上最後一盞燈，抱著自己的文具和幾棵仙人掌，沿著無人的樓梯慢慢走到地下室，然後騎車回家。

第七章

有一女子，持罹癌診斷來告，要求負心漢賠償她的青春兩百萬。

有一女子，狀極可憫，述及婚姻生活種種聲淚俱下，問她判決離婚後何所依歸，答稱暫無棲處，兩眼渙散，神色瀕臨失常。

有一女子，聲請民事保護令，驗傷證明雖已附卷在案，仍當庭出示最新傷單，全身顫抖，轉頭對著施暴丈夫頻頻說著對不起啊、是不得已的啊……等語。

法律規範的歸於法律，只有那些規範不到的、太過微細的，或者回想起來難以忘懷的，我才把它寫進日記裡。我已寫了三個月的日記。

從司法官訓練所結業後，坐上了實習法官的位子，轉眼間來到這個西部小鎮，我的心未曾跳躍一絲喜悅，反而因為每天聆聽著台下所敘述的痛苦而帶來了更深的孤獨，那種孤獨卻又特別荒涼，像一列疾馳的夜車突然把我拋在異鄉。

我們都在同一個城市星散了。柳在台東監獄，文琦消失了蹤影。

我曾回去那幾條熟悉的街道，也因為非常想念，特別繞到以前住過的老屋附近流連，那地方已被夷為平地，四周重新圍起了工程看板。我坐在路口新開的一家咖啡館裡寫信，一封寫給柳，一封則是沒有地址的文琦，寫完後就撕掉了。

不只一次，不只一封信，我隨著分派命令去到哪裡都想要寫信，寫信是為了告別，卻沒想到每次寫完又是更深的懷念。我也曾經試著找她，開庭後的空檔，無路可走的假日，我四處打聽她那偏遠海邊的家鄉，直到發覺毫無線索後才停歇下來。

我最後一次見到的文琦，竟然就是糖醋排骨便當吃完後的那天傍晚，原來那幾聲輕泣是因為房子已被查封，於是她又急著逃離，再一次用那種不告而別的遷徙來撤退她內心的恐懼。

如果當時她稍稍暗示或甚至願意向我求救，至少我還有機會挽留，也就不至於使我總是走到盡頭又被丟回到跋涉的起點。我看著那天她下班離去時的衣裙，根本還不知道那是最後的身影，只像個痴傻的笨蛋還在慶幸著隔天又能見到她。人的一生到底還能忍受多少次那樣的離棄，以世俗的眼光來看，她那種令人不知所措的離棄無疑就像天生的浮萍，男人如何跟著她承受那種無邊無際的漂移。

我不斷告誡著自己，一切都結束了，那些傷心的雨季也不會再來了，再緬懷下去只有把自己弄得全身是傷。可就是當我寫著夜晚的日記時，那種思念卻又說來就來，原來她雖然不在卻沒有完全離開，時不時會以一種孤單的形影漂進我的腦海，彷如和我玩著一種命定的遊戲，想要和她會合就必須走完全程，而我卻又不知道那終點站究竟是在什麼地方。

我寫信告訴柳，辜負他的期待了，我真的非常非常累了。

沒想到這一天，柳是這麼回應的：

好吧，我也贊成你放棄她，就找個時間來聽聽她的身世吧，免得我真的還要等到下輩子。當初我是怕你變心才隱瞞下來，既然時間已經過去那麼久，我還留著做什麼？何況這也只是她個人的小故事，就算是個悲劇，你就把她當作台下的犯人那樣聽聽就好了。

你什麼時候來？坦白說，我也有一件事需要你幫忙……。

●

柳的語氣使我躊躇到半夜。直到凌晨一點，我突然決定動身出發。

我所畏懼的，也是一直想要逃避的，其實就是去台東。

我開著車快要經過台南的交流道時，恍惚到無法判斷是否應該前行或直接取道南橫去趕上台東的曙光？我不知道自己為何而去，急著想要聽取文琦的故事是為了放棄她，還是因為根本不想放棄，所以才猶豫著不敢去聽？

本來就是那麼脆弱的愛，何苦還要再去承受那種說出來之後的悲傷。可是再怎麼脆弱的愛難道就沒有最不脆弱的一刻嗎？我不知道那是什麼時刻，只知道應該馬上趕到台東，故事就在柳的身上，他一個人懷著兩個悲劇還能活著，我為什麼不能去聽聽看還有什麼奇蹟讓我堅強地活過來。

探監登記很快就批准了，原來他無人聞問，聽說半年來只有今天我一人。獄卒悄悄告訴我，每次只要會客時間一到，他就利用這段空檔洗衣服，洗得慢吞吞還順便洗拖鞋，洗完後差不多別人也就快要收監了。

由於經常通信的緣故，我們見了面並不生疏，他剃光了頭髮還真像個乾淨的禪師，一鑽出那道小門就微微對我笑著，氣色也比以前好多了，只可惜那帶有磁性的聲腔彷彿生了鏽，聽起來是那種歷盡滄桑的鼻腔音。

倒是那兩隻眼睛還靈活得很，當他又要油腔滑調時就是這麼溜亮的眼神，說他最近做了一卡車的香皂和手工麵包，還刻了三隻貓頭鷹，「你不知道我把貓頭鷹的眼睛刻到多傳神，一刻完簡直快要飛起來。我沒想到你這麼快就來，不然我進去拿，」他轉身想走回去，發現後門鎖住了才作罷。

「現在我才發現自己這麼有天分，」開始讚嘆著，「而且，這裡每個傢伙對我特別尊敬，你知道為什麼嗎？貪汙犯嘛，誰都相信只有我這種人還能搞到錢。不然這鳥不生蛋的地方別說加菜了，有人是連一條牙膏都買不起的，想抽煙更別指望，我進來後才慢慢改善他們的經濟。」

「你們做肥皂、手工麵包拿出去賣？」

「賣麵包？哦，那你可能還不知道我在這裡多吃得開。你能想像那些刺龍刺鳳的動不動就來纏著我嗎？只要又來給我奉茶啦按摩啦，我就知道他們又在缺錢了，一個個就等著我趕快寫信找人寄錢來。你說這種地方找誰要錢，去找種菜的嗎？我跟你說，一個人被關進來後，就算以前認了一百個乾爹都沒用。這種黑暗世界就只有一種人肯給，無條件給，而且你罵他一頓還不敢吭聲，這為什麼？因為我被關進來了嘛，外面那些人怕我怕得要命，誰只要突然被我咬一口肯定像老鼠一樣吱吱叫。所以，我只要寫封信說最近過得很不好，哈哈，不超過五天，錢就透過管道送進來了。」

「我以為你們以前都算清楚了，原來還有……」

「法律這種東西怎麼算得清楚？反正大家心裡都有數。你看我來這裡多久了，沒一個來看我，他們不是不想來，是怕來了以後又勾起我的回憶，只好一個個像龜孫子躲起來，每天燒香拜佛恨不得我把他們忘了。」

再說下去，時間會被他說完，我插嘴叫他，「所長……」

「喔，你要不要叫我345，現在連剃頭小妹都這麼叫我。怎麼樣，你這位法官大人想跟345說什麼？你考上那天我興奮得差一點躺在地上打滾，可見以前一直潑冷水刺激你還是有用的，只是沒想到你會轉往法官這條路。怎麼樣，當律師有什麼不好，難道是擔心這種師徒關係把你連累了？」

「不，你以前是那麼正直的法官，我自己也要守在這個防線上。」

哼，胡扯。他嘀咕著，卻沒否認，朝著氣窗看著那些稀疏的陽光。

我摸出偷偷帶進來的幾包香煙塞給他。

「剛才臨時在路上買的，我忘了你抽的是哪一種？」

「都好，什麼時機還挑牌子，乞丐能說他只喜歡日本料理嗎？」

他看我靜默下來，「好吧，不忍心看你這樣，我就來說正經事。」

「說快一點沒關係……」

「哈，別緊張，我又不是醫生要宣布什麼癌症。」

「我還是只想知道她為什麼一再的要離開？」

「嗯，難怪不了解。她在我那裡也只做到二十歲，離開後沒幾年就換了五家事務所，知道什麼原因嗎？她發現只要稍微穩定下來，以前的噩夢馬上又會來折磨她，所以只好不停的搬遷，忙著適應新環境來避開那些糾纏。你玩過陀螺吧，就像陀螺，一直旋轉才不會垮下來。遇上你算是最大的轉機，有一次還非常興奮打電話告訴我，說她已經痊癒了。可是後來不是陪你去看榜嗎？沒想到回來當天下午就流產了，巧的是你也因為落榜又關掉了桌上的那盞燈。我不是說過她最怕屋子裡的那些陰影，怎麼還能沒有那盞燈？那種熄滅的感覺就像她的願望突然破滅一樣。她把落榜的事歸咎自己的命運帶給你不幸，加上那天晚上作了噩夢醒來，發現你一個人躲在浴室裡哭，大概就是那樣的吧，很多傷心事不就是眼淚一滴滴累積下來的嗎？」

我全身像被他揪緊了。「我不知道她流產，她一直沒有……」

「你也不知道她悄悄懷孕的事吧，她想要在你面前做一個完整的女人，因為她羞愧於自己的不完整。好吧，你仔細聽，既然你要放棄了，我還有什麼不能說的。她的父母離異，母親為了女兒的監護權打官司，結果碰到的法官大概就是像我這種混蛋，隨便一判就把她們母女拆散了。從此她只能住在家裡，被迫把自己的身體交給她父親，悲劇就是從這裡開始的……。簡單說，法律把這個女孩毀掉了。諷刺的是這十年來她找的工作都是法律事務所，你真的相信她那麼想要嫁給律師嗎？說穿了是在追求一分安全感，隨時幻想著法律會來保護她。你說，搞司法的人沒良心的話，光有一整套六法全書照樣保護不了她，這社會上還有什麼災難會比相信法律更令人傷心……。」

再說下去……。我在心裡悲哀地叫著。

「只能這麼說吧，她所經歷的悲劇簡直就像一部殘破的法律，反正悲劇說得太清楚一樣還是悲劇，還有什麼好說的，我自己也說不下去了。」

這時，收監預備鈴突然響了，會面時間只剩三分鐘。

獄卒已經來到門柵邊，家屬們紛紛收著袋子，有人匆匆起身擁抱，掛鐘裡的秒針彷彿開始跨步計時。我焦急地等著他說話，他卻只是笑笑，突然從身上摸出了幾張紙，「我就知道今天說不完，人生碰到這種事怎麼說得完？就讓她自己來說吧，這是十年前她臨時撕下來的幾張日記，為了請我相信她，連唯一的尊嚴都撕下來了。也許我早就應該拿給你看，可是那時我對你還有信心，相信你會繼續等待下去。好啦，放棄也好，她從小就失去愛的能力，根本不知道要怎麼去愛一個人，人生最悲哀就像她這樣，沒想到你那麼倒楣碰上了。」

時間到了，我不敢吭聲，只等著他是否還能多說一些。

但他雖然還動著嘴巴，卻只是碎碎念著一些急促的斷句。老穆去年走了。再也沒有可以信任的人了。除非你願意幫忙。會死很多人喔。我有一本黑冊子。藏在保險箱……。

「就這樣，你應該知道怎麼做了，去拿出來，公開舉行記者會。」

說完，他扳住我的肩膀，我以為他要和我擁別，沒想到是湊近了嘴巴，在我耳邊吹著熱熱的氣息，然後一個字又一個字清晰地念著，合起來是一串密碼，竟然就是他說的那個保險箱……。

我雖然聽著，卻也同時瞄著手上的日記，眼裡已經噙滿了淚水。

他最後一個走進裡面那扇門，頻頻回頭看著我，然後揚聲說：「喂，誰叫你邊聽邊看，這樣記得下來嗎？不要把我說的忘掉了。」

「這沒什麼……，」我學著他大聲回答。

然而不久之後，當我坐進了車子，還是不能自禁地哭了起來。

●

我本來過得好好的，柳本來也是個正直的法官，我相信文琦在她父母離異之前也有個安穩的童年。我們都在不同的地方默默生存，一輩子互不相識甚且各自老死，一切只因這荒謬的世間出現了不可原諒的差錯，才讓這幾條飄蕩的靈魂交纏成為彷如同屬一人的命運。

倘若柳沒有把人誤判致死，法官退休後他的老婆也許還在泡著麥片等他晨跑回家；倘若法律不那麼寡情，那時十五歲的文琦小妹妹還有希望，她會在某某法官公正無私的裁定下安全脫身，從此跟著母親四處為家，也就不至於惶惶然走進那個悲劇裡。

至於當時的我，倘若當時的我還在那家企業集團裡任職，就算某一天突然那麼粗魯地踩上別人的卷宗，至少也不會是文琦所掉落的，而且我只要聽完那個民事庭就可以下班回家。

或者說，如果時間倒返，而我們可以重新選擇，我相信任何男人都會去尋找一個無傷的懷抱，因為那時還沒有深愛，來得及脫逃，就像一個剛跳車的囚犯偷偷沿著鐵軌摸黑回家。那時也不會有任何痛苦，身上頂多只有輕微的傷，沒有人會特別在意那種傷，何況這個世界到處還有愛，沒有任何一種愛會如此傷人。

啊，文琦如果在我落榜前提早離開也就罷了。

或者在那某次的性愛之後，她沒有悄悄倒掛著那雙腿，沒有指著空中飛翔的賽鴿引開我的視線，如此也就不會因為落榜所導致的流產而使她感到人生無望。

或者更早一些，在那初見面的咖啡廳打烊後，我不騎著摩托車在她後面跟隨，讓她自己一個人跑步回家，也許我們將因此不再深刻往來，她繼續住在河邊那間公寓裡，從此在這世上只是個無愛的陌生人。

如此也就不會來到那個讓她放聲痛哭的黃昏了。

但如今看完柳交給我的幾則日記，現在我懂了，我總算知道文琦為什麼會離開我了。在這已然泛黃的日記裡，我看到的是這一天，她剛掙脫了狂亂的父親跑出來，而外面正在下著大雨，如同當天晚上她所描述的情景：

我穿著女中制服，光著腳在雨中奔跑，渴望有個善心人把我帶走。

後來路上都沒有人了，我全身濕淋淋躲在一個騎樓下，不知道時間過了多久，一位警察出現了，不管我怎麼哀求還是要把我送回家。

他坐在客廳等我，直接把我拉進浴室，門在他背後關起來。

啊，那天晚上我在哪裡呢？也許又只是因為落榜，正在忙著裝箱，把自己和那堆書一起綑綁起來。還有柳呢，那天晚上柳在哪裡？莫非就為了那個死刑的誤判，還在酒館裡悔恨著當時的法庭那樣荒唐的落槌？

原來在命運之前，我們都不是故意的。

我們只知道那天晚上到處下著同樣的雨。

●

我搜來了所有中北部的產茶區域圖，開始策劃著即將要走的山路。

而在這樣的夜晚，我相信還有人和我一樣著急，那雙眼睛專注得就像正在雕刻一隻貓頭鷹。他可能也睡不好。啊，他怎麼睡得好，當他把文琦的日記交到我手上，從那一刻開始他就難以闔眼了。

因而那雙眼睛現在是灰色的，以前他對我喋喋不休就是那種寂寞的灰，看似充滿了神氣，實則那可能只是來自一種深層的憂心；就像此刻，既然他已說出了文琦的身世，再來就是觀察著我的動靜了，看我是要抽身而退，還是重回到那樣一條苦苦追尋的老路上？

從看守所到監獄，我不知道他為了偷渡這幾張日記耗費了多少苦心，本來以前就可以拿給我的，藏到現在就能幫她把過去的羞恥一刀切斷嗎？表面上贊成我放棄，但以他常常倒反著說話的習性，不就是暗示著我應該去把她找回來。

沒錯，難怪他會憂心。男人的真愛最難了，只有放棄才最簡單。愛本來就是有局限的，那些悲傷日記裡處處都是男人的局限。沒有人願意承受自己的愛是那麼不完整，我相信文琦在那床上高舉著雙腿時，想到的應該也是過去那一次次的不完整：

我聽了他的話出來切蛋糕，他把蠟燭點好了，可是有一根被他折斷丟在地上。他說十五歲是最可愛的年紀，長大會變醜，現在剛剛好。他一說完突然從背後把我抱住，我的塑膠刀片掉了，蛋糕還沒切開。我像上次一樣緊握拳頭，可是整個拳頭突然被他壓到奶油泥巴裡了，蠟燭熄滅了，燈還沒打開，我的內褲被他扯下來掉在腳趾上，四周越來越暗……

今後，許多年後，我將不會忘記柳所做的，以他當時如同梟雄那般狂妄的行徑，何況還要隱藏著自己的悲傷，那麼，在那忙著收錢行賄的混亂中為什麼還能如此柔軟，把一個崩潰的十五歲少女維護到後來才從我手中失去？

柳做得到的，難道就因為他是柳嗎？

我做不到的，難道就因為我真的做不到嗎？

我唯一能做的，應該就是超越他的期待，在最短的時間內把文琦找回來，帶她回去已被查封的柳家，然後打開那個保險箱，讓她知道除了以前寫下的那些日記，所有她對人的恐懼或絕望或任何一道傷心的陰影，其實都已涵蓋在那本黑色的冊子裡了。

我的行程安排每週兩趟，跑遍知名的城鄉，也沒錯過幾個支線的小部落，有些路線甚至是重複的，就像每一次的重複都是徒勞，全都重複搜尋過一遍後，兩個月過去了。

卻沒想到就在這一天，我突然感應到一種彷如遙遠的深處傳來的呼喚——那是從國道直接切入南投縣境之後的一處偏鄉，縣道兩旁原本只是成排纍纍的芒果樹，一個小時後我已深陷在滿坑滿谷的茶園中。我循著較低的梯田走，雖然手上沒有可供尋認的照片，卻好像已不需要任何照片了，迎面所見盡是包覆著面紗的採茶女，一個個幾乎就是我所想像的文琦的母親。

我沿著茶田小徑到處問，沒有人可以清楚地回答，只有其中一個告訴我，外地來的採茶女大都是離婚的婦人，這些婦人中有幾個前夫都是酗酒、好賭的無賴漢。至於像文琦的父親那樣的人……，由於我不便多加形容或深問，也就沒有人說得出來。

只有另外一天的日記裡，文琦是這麼說出來的：

他常常在我面前假醉，開車回家都是好好的，車子一停馬上又變成東倒西歪的樣子走上樓，到處碰撞桌椅，模糊不清大聲叫著我，我躲進衣櫃還聽見他把我的名字改成了小賤人。他爬一層樓梯就喊我一聲，大呼小叫越來越近，我知道這次又逃不掉了，只好把自己縮在一排排衣架後面，直到他打開衣櫃，這時我已經跪在木板上，滿臉都是淚水。

由於深烙在腦海裡的文字太過險惡的緣故，我竟然隨著衣櫃裡的文琦繃緊了全身，臉上不斷冒出大汗，突然發麻的大腿跟著顫晃起來。一個好心的歐巴桑停下手邊的工作倒水給我，她問我怎麼了？後來建議我繞進福壽山農場那一帶看看，她說那附近的茶園很少使用機器採收，很多外地來的婦人都喜歡深入內山採茶，計時的工資較高，吃住方面的安頓也有著落。

「你剛才說的，我只有一點點印象，好像看過有一個媽媽帶小孩來，她有綁辮子嗎？啊，已經那麼多年，好像是寒假，其他想不起來了……。」

●

經由那婦人的指引，這天晚上我興奮到無法開車下山。

曙光中恍惚醒來後，我爬出車門馬上面對著周遭兩座大山，才知道昨晚停下來的位置就在大禹嶺下方的山谷。半夜裡下著雨，難怪天亮後的山路有些寸步難行。但這卻是一條最甜美的山路，滿水的山澗淹過坡坎後狂瀉成淺淺的流河，輪子吃了水歪歪扭扭往上爬，我感覺到有一股莫名的喜悅正從體內滿出來又滿出來。

路兩旁的邊坡攀開著黃色、粉紅色交纏的藤花，太陽已升到東邊樹梢上，坡下較遠處似乎有個村落正在燃放鞭炮，林子裡跳躍著類似連發子彈劈哩啪啦的聲響，等到四周回復了寂靜，林下的野溪才又傳來昨夜的雨水重新把它充滿的聲音。

蠢蠢欲動的跡象似乎顯示著經過漫長等待，我就要見到她了。

人的困境中如果真有所謂的峰迴路轉，我想應該就是這個時刻，唯有這時刻出現的奇蹟降臨在我身上，我所有的愚蠢才會被愛原諒。何況我所愛的已不純粹是愛了，是包含著作為一個人的品格、信仰以及從我生命中自然萌發出來的一種使命感。我拚命想著柳說過的，譬如恐懼，如果文琦因著身心的恐懼而從來不懂得愛，這已無所謂了，我寧願她直到現在依然還是不懂，只要她像黑紙一樣的身世慢慢變成白紙，而她變回白紙的第一頁就是用來寫上我的名字，如同動完手術的盲人拆開紗布後見到的第一人。

我隨著方才的鞭炮聲倒車往下走，那些受到驚嚇的鳥雀已漸停棲下來，成排的檳榔樹下已經傳來一聲聲模糊的人語，這更使我確信神就在前面的林子裡，祂在替我引路，路就在前面的路上，拐個彎也許就是我所跋涉的終點站了。

循著愈來愈清晰的人語，眼前出現了一個小廣場，空地停滿了車子，一間舊廠房改建的展場掛著春茶展售會的看板，胡琴的樂音一聲聲迴繞著，聞香而來的遊客幾乎擠滿了那一大片竹棚下的屋埕。

棚子下方，我看到的第一眼，正就是文琦……，文琦真的就在眼前了。

鋪著紅布的一排長桌前，她站在幾個工作人員中間，長髮盤起來，頸子紮著一條黃領巾，穿著俐落的圓領長衫，左邊的斜襟繫著一排圓圓的布扣，眉眼之間有我意想不到的清朗，膚色雖然稍稍地曬黑了，卻因著微微的笑意和一股迎賓的熱誠而使她整張臉亮了起來。

這時輪到她說話了，她往前微微地欠身，兩手的指尖輕貼在桌面上，淺淺一笑就把兩頰弄紅了。然後她從竹簍揀出茶青，取了一心二葉攤開在手裡，開始解說茶葉烘焙製作的過程、福壽山的土壤和高山烏龍的香醇特質。

我躲在樹陰下不敢露臉，只聽見她不再那麼輕細卻依然羞怯的嗓音，雖然聽不清每一句話的落點或從哪一個字開始，但那熟悉的語韻分明就是說給我聽，像一滴滴的雨水直接跳過瓦片而掉入我的眼裡。

她說完後，接著坐下來溫壺置茶，此刻不禁使我注意著她的袖口下方，那左腕上的疤痕已經被幾個編織手環掩蓋著，完全看不出來了。以前說是參加小學運動會意外的刮傷，此刻總算讓我意識到它或許另有的真相了，會不會就是某個夜晚的絕望或是又一次的錯亂，才使她抓起刀片留下了那樣的傷痕。

我很想走過去緊緊抱住她。如果她不是忙著泡茶，如果不是愈來愈多的尋香客湧進來……。哦，這時我終於看到她的母親了，一個駝著背的婦人從屋棚後面走出來，她準備抬走那一簍茶青，卻又不忘給一條手巾塞到女兒手裡，母女兩張臉一時靠近了些，果然都在微笑的唇角下流露著非常隱細的哀傷。

在這眾目睽睽那麼多人的試茶會裡，沒有任何一分半刻的時間屬於我，何況經過了漫長等待，我已無需貪求那短暫幾秒間的雀躍，那應該是和漫長等待相對應的漫長擁抱才能滿足我了。

我因而一直不敢出聲驚擾，仔細看著橫掛在屋棚下方的黑字紅布條，春茶展售會為期一週，每天上下午各有一場，今天剛好就是獻茶首日，協辦的農會還預告著閉幕當天銜接另一場的蘭花大賞。

下午再來，我心裡說。

我想應該先找個地方把自己打理乾淨，哪怕只有一澗溪水讓我洗滌，滿身早已都是一夜難睡的汗味，何況整台車覆蓋著一路翻山越嶺的塵土，全都已經混含著黃泥色的露水。

村落旁的觀光林道上，我幸運找到了一家民宿，房間的窗口正好對著幾棵柳杉，聽得見林外的小徑偶有車聲來去，健行經過的年輕人不時傳來嬉鬧的笑語，那些快樂的聲音迴盪在晨霧還沒散去的杉林裡。

距離午場時間還很早，我洗完澡後卻已靜不下來，腦海裡快速通過很多畫面，有她蹲在門外哭泣的晚霞，有她吃完便當後傷心離去的背影，還有就是看榜那天她特別穿上的那條紅裙……，所有這些忽然又來的畫面紛紛衝擊著此刻的時間，我真不知道經過漫長等待後為什麼還要忍受這樣的等待？

原來我一直害怕的還是她的驚慌，否則剛才早就叫著她了。在那麼優雅的試茶會裡，如果她又想要逃離怎麼辦？她的驚慌並沒有錯，因為她還是她，問題也許就在看完那些日記後的我身上，我似乎應該讓她知道我都知道了，只有坦誠才是我和她之間唯一的信靠。我應該趕快讓她知道我和柳一樣，和這個世界至少還有的少數人一樣，完全能夠體會她那悲傷的原罪並且接受她。

所有不完整的人生都不是我們故意的，其實何止她不完整，柳也不完整，那死囚的遺孀更不完整，而一再被迫和她分開的我又何曾一日是個完整的人？啊，文琦，我何須如此笨拙，我們見了面就直接談談妳最倚賴的法律好了，所有的法律條文最完整了，但它不也是因為人的惡意而變得支離破碎嗎？

文琦妳還留著大門鑰匙嗎？我陪妳去，替妳撕掉那門上的封條。

如果妳把鑰匙弄丟了，我還是要陪妳去，妳在外面等，我破窗進去後再把門打開。這很重要，保險箱裡有一本黑色的冊子，那是柳用他這輩子的愚蠢換來的，裡面有妳最期待的法律，很多個案例卻都記錄著人類的罪行，雖然不見得是妳想要看到的，但難道我們閉著眼睛就看不到嗎？

文琦妳不是很喜歡戴著口罩嗎？我們不就是因為口罩而認識的。有時我們戴著口罩是因為不想多話，有人則是戴上口罩隱忍著自己的悲傷，因此妳也不妨想像一下柳戴著口罩是為了大聲吶喊。很多法律的禁忌是不能說的，因此他只好把那些無聲的吶喊全都寫進冊子裡。

啊，妳為什麼認為這麼做太危險呢？文琦，最危險的事他都替我們做了，我們只要當作剛好路過一處無人的廢墟，把那裡面的一株幼苗搶救出來，讓它真正接觸到正常的陽光。

妳不也曾經只為了看一道光，老遠跑到清晨的海邊嗎？日記裡說悲傷的時候妳會渴望著天趕快亮，然後一大早跑去看海，早晨的海面會有一道很亮的光，妳說只要看到那些亮光還在就不會想死，因為它不像洶湧的海浪那樣使妳悲傷。

文琦，我要帶妳去看的就是那樣的一道光。嗯，到時我會把密碼交給妳，這是生命中最重要的一刻，只有妳最有資格打開那個保險箱，而就在妳親手開啟的那一瞬間，妳真的就會看見一道很亮很亮的光從裡面反射出來，就像妳所追求的法律的光，就像妳在清晨的海邊所看到的那樣……

我差一點忘了法律本來就是妳最喜歡的話題呢，如果能夠這麼具體的對話，我想妳就不會又那麼莫名驚慌地逃離了。

我把剛才想到的匆匆寫了下來，這時外面卻有人突然敲著門。

在這隱密又陌生的山林，應該不可能有誰找上門來的啊。

除非是妳。怎麼可能是妳。難道躲在樹下的我早就被妳發現了？

我匆匆套上了衣服，慌亂中找不到鏡子，只好臨時撥著滿頭亂髮，倉促間緊噙著口水，感覺到自己突然嘶啞得完全應不出聲。

我是多麼惶恐猶豫激動甚且那麼地驚喜著啊，總算打開門時，卻只有民宿老闆娘站在門外，笑著問我要不要換一壺熱開水……。

然而這時我已熱淚盈眶。

後記

這本書雖然已來到了後記，故事裡隱密的部分其實沒有說完。

柳律師另外一面的內在，比如他真正的思維、情感以及情感世界裡的信仰與傷痛，我在寫作中並沒有刻意表達，除了以誇張又詼諧的言行來深藏他的憤怒，寫到終章時我還沒想好是否應該寬容，別讓他走入自己的牢房又關進了法律的監獄。

文琦自然也有她黑暗的內心，那種唯有女性才懂的巨大撕裂，除非不想活下去，否則她每天每夜受到的折磨幾乎比海深沉。寫作時原本應該另闢一個內心世界讓她自己說話，然而最後我還是把她可以對外傳遞的機會捨棄了。

讀者因此看到的幾乎就是人物表象的存在，他們原本可以袒露的聲音全都交由小說裡的「我」負責辨識和傾聽，藉由一路的摸索、看見、震驚和體會，把他們的苦難連結在自己身上而成為共同的命運。

小說裡的「我」雖不是我，但這幾年來我卻又經常扮演著「我」的化身，終歸就是一種極為單純的執念，想要藉由安靜的文字所能產生的療癒來探顧他人的生命，彷彿唯有這樣才能啟示我持續書寫的意義，其他任何飛簷走壁的文字技藝只不過是另一種說書人的本質，這在我的文學認知上一直是個難以靠近的距離。

我曾說過的一句話至今仍然是有效的：「我不是個喜歡說話的人，自然也不喜歡以說故事的形式來成為一個小說家。」證諸前面幾本書的實踐，我還發現自己的習慣現象已愈來愈明顯，有時僅僅為著一個忽然來到的懸念就能馬上動筆，這時往往還沒有一個明顯的故事架構等著我，直到寫作中途無以為繼時，我才自覺到這已不只是純粹的寫作，還隱含著一股想和自己說說話的動機，用獨自一人的腳印走進故事，然後在夜深人靜時傾聽著這些屬於自己的聲音。

只有我知道這究竟是為了什麼。

在這麼黯淡的文學氛圍裡，我並不認為自己的寫作多麼虔誠，反而只是因為被一種莫名的純真所帶領，明知還不能寫出自己最想要的，卻還是會在落筆那一瞬間堅信著自己的美好，倘若文學這條路上沒有這樣的傻念，我不知道還有什麼難走的路可以如此激盪一個人的心靈。

寫作，這無用的寫作，幾年來就是這麼耐人尋味地折磨著我。

INK PUBLISHING
文學叢書 545
昨日雨水

作　　者　王定國
總 編 輯　初安民
責任編輯　陳健瑜
美術編輯　林麗華　陳淑美
校　　對　王定國　吳美滿　陳健瑜

發 行 人　張書銘
出　　版　INK 印刻文學生活雜誌出版有限公司
新北市中和區建一路249號8樓
電話：02-22281626
傳真：02-22281598
e-mail：ink.book@msa.hinet.net
網　　址　舒讀網http：//www.sudu.cc

法律顧問　巨鼎博達法律事務所
施竣中律師
總 代 理　成陽出版股份有限公司
電話：03-3589000（代表號）
傳真：03-3556521
郵政劃撥　19785090 印刻文學生活雜誌出版有限公司
印　　刷　海王印刷事業股份有限公司

港澳總經銷　泛華發行代理有限公司
地　　址　香港新界將軍澳工業邨駿昌街7號2樓
電　　話　(852) 2798 2220
傳　　真　(852) 2796 5471
網　　址　www.gccd.com.hk

出版日期　2017年10月　初版
ISBN　978-986-387-188-0

定　價　330元

國家圖書館出版品預行編目資料

昨日雨水／王定國 著；
--初版, --新北市中和區：INK印刻文學,
2017.10　面；　公分.（文學叢書；545）
ISBN　978-986-387-188-0（平裝）
857.7　　106011473